AF276191

envistas

26

Zabel Yesayan
Los jardines de Silihdar

Traducción del armenio de María Ohannesian

XORDICA

Este libro se ha editado con ayuda del Departamento de
Presidencia, Interior y Cultura del Gobierno de Aragón

Título original:
Սիլիհտարի պարտէզները (1935),
de Zabel Yesayan

Ilustración de portada:
Elisa Arguilé

© de la traducción, María Ohannesian
© XORDICA EDITORIAL
Diseño y maquetación:
XORDICA EDITORIAL
Apartado de Correos 1536
50080 ZARAGOZA
Tlf.: 608-033949
www.xordica.com

Depósito legal: Z. 1497-2025
ISBN: 978-84-16461-74-5

Impreso en Zaragoza por *Talleres Editoriales Cometa, S. A.*

Cualquier forma de reproducción, distribución, comunicación pública o
transformación de esta obra solo puede ser realizada con la autorización
de sus titulares, salvo excepción prevista por la ley. Diríjase a CEDRO
(Centro Español de Derechos Reprográficos, www.cedro.org) si necesita
fotocopiar o escanear algún fragmento de esta obra.

Zabel Yesayan
Los jardines de Silihdar

LIBRO PRIMERO

Nací en la madrugada del 5 de febrero de 1878, según el calendario griego, en Constantinopla, Üsküdar, en el barrio de los Jardines de Silihdar. Esa misma noche el Ejército ruso había llegado a San Stefano. Mi madre contaba que estaba con los dolores del parto cuando la noche del 4 de febrero los pregoneros pasaron por los barrios gritando:

—¡Se oirán cañonazos!, ¡no tengáis miedo!

Sin duda, el Gobierno había pensado que los rusos bombardearían la capital.

Mi madre contaba también que ese día se desató una violenta tormenta de nieve que duró toda la noche y que la gente no podía salir de sus casas. La comadrona griega que la cuidaba vivía en Kadıköy, pero ningún cochero estaba dispuesto a uncir los caballos al carro. Mi tía Yeranig añadía que, para colmo de males, mi padre no estaba en casa y mi tío Dikran había vuelto tambaleándose borracho, y le había llevado media hora entender que había que buscar una manera de traer a la comadrona griega de Kadıköy.

Mi tío Dikran se había lanzado a la calle, pasado el cementerio de Haydar Pasha, y después de haberse perdido unas cuantas veces y enfrentándose a la tormenta de nieve, había llegado finalmente a Kadıköy, sacado de la cama a la comadrona griega y, cogiéndola del brazo, la había traído a Üsküdar.

Mi madre también contaba que, pasada la medianoche, la comadrona griega y mi padre, mientras esperaban sentados frente al hogar mi nacimiento, se enzarzaron en una

11

violenta discusión. La comadrona albergaba la esperanza de que cuando los rusos ocuparan la capital «salvarían a los cristianos», mientras que mi padre no esperaba nada bueno del éxito del Ejército ruso.

Nací delgada y débil. Mi tío Dikran había exclamado al ver al recién nacido:

—Y a esto llamáis un bebé, bah... Parece una pequeña burbuja de espuma, lástima de las molestias que me tomé.

Hasta mis ocho o nueve años, mi tío Dikran aún me llamaba «burbujita».

En verdad, fui muy frágil hasta esas edades y propensa a todas las enfermedades infantiles, fluctuando continuamente entre la vida y la muerte.

NUESTRO HOGAR

Nuestra numerosa familia se componía de personas de diferentes orígenes sociales que habían acabado bajo el mismo techo. En esos tiempos, situaciones similares no eran raras en Constantinopla.

Por parte materna, mi abuela había nacido en una antigua familia de Balat; su padre era un funcionario caído en desgracia. En casa todos, tanto familiares como conocidos, la llamaban Dudu. Era una mujer triste y orgullosa. No sabía leer ni escribir, pero hablaba un armenio impecable y se expresaba en turco con términos selectos. Era alta y tenía una actitud arrogante. Decían que había sido muy hermosa. Yo la conocí siempre vestida con ropa oscura, con tristes ojos negros que centelleaban en su rostro blanquecino y arrugado con la inteligencia propia de una mujer de profunda sabiduría. Mi abuela parecía tener un invencible desprecio por todo y por todos, incluso por sus propios hijos. Ese desprecio la volvió taciturna y de pocas palabras. Solo se permitía abandonar la línea de conducta que se había impuesto en relación a mi padre, al que respetaba y amaba. También amaba a sus hijos, especialmente a los varones, con un amor doloroso y torturado, que no dejaba lugar a la indulgencia.

En verdad, mi abuela había preservado, a lo largo de su atribulada vida, costumbres y tradiciones con inalterable perseverancia, que no coincidían con los hábitos de vida de sus hijos ni con sus posibilidades materiales, lo cual suponía motivos de sufrimiento.

A los catorce años la habían casado, sin pensárselo dos veces, con Hagop Shirinoghlu, un joven bien parecido de

Üsküdar, de oficio cochero, que les había sido presentado por una casamentera.

Es así como habían ocurrido los hechos.

En esos tiempos, los jenízaros tenían sometida la población de la capital a un régimen de espanto y terror, y operaban con más desenfreno en las barriadas griegas de Estambul y del Cuerno de Oro. La familia de mi abuela, habiendo perdido su influencia en el Gobierno y por tanto indefensa, había encerrado a su hija Lucig entre las cuatro paredes de la casa hasta los catorce años, por temor a que llamara la atención de algún jenízaro. Sin embargo, de acuerdo con las costumbres de la época, la primera salida de una joven que alcanzaba la pubertad debía ser para ir a comulgar a la iglesia. Mi abuela contaba que en esos tiempos las mujeres no salían de sus casas, e incluso los hombres, para ir cada mañana al trabajo, se detenían en el umbral de la puerta, se hacían la señal de la cruz y se despedían con un último adiós, porque no sabían si volverían al atardecer. Cuántas veces, en las calles de Estambul, algún jenízaro había decapitado a un cristiano para probar el filo de su yatagán. Griegos o armenios, en señal de humildad, se rapaban el bigote y tapaban sus orejas con el amplio fez. Caminaban dóciles y encorvados para evitar que su mirada se encontrara con la de un jenízaro. Llevar la cabeza alta, mirar directamente a la gente, se consideraban signos de insolencia y podían desencadenar toda clase de reacciones arbitrarias. Mi abuela recordaba familias cuyos hombres habían desaparecido sin dejar rastro alguno. Hablaba de familias opulentas, cuyos hijos se habían quedado sin el pan de cada día. Incluso representantes de la autoridad y sultanes temblaban ante los jenízaros, cuyos jefes, que detentaban un poder absoluto, reinaban no solo en sus hogares, sino también en los barrios y en la capital entera.

Cada vez que mi abuela recordaba los atroces días de su infancia, mi tía Yeranig intervenía:

—Ay, Dudu —decía ella—, tu padre, tu madre, ¿no tenían juicio? ¿Cómo se les ocurría enviarte a la iglesia en semejante época?

La abuela explicaba que en esos tiempos el Patriarcado era poderoso, «su sombra era larga». El patriarca estaba en buenas relaciones con el jefe de los jenízaros y no solo vigilaba de cerca que su grey llevara a cabo sus obligaciones religiosas, sino que también castigaba severamente a los rebeldes y a los que no cumplían los preceptos.

—No me digas, Dudu —intervenía la tía Yeranig—, estabais entre dos fuegos.

Sin prestar atención al comentario intencionado de Yeranig, la abuela continuaba explicando con qué medios el Patriarcado ejercía su autoridad.

Por aquella época, las iglesias no tenían campanas de bronce. Al amanecer, el acólito encargado de la iluminación golpeaba con un mazo sobre un trozo de madera y el sacristán recorría los barrios e invitaba cantando a los fieles a la iglesia para las oraciones matinales. En las fechas de guardar, los censores del Patriarcado iban por los barrios husmeando como perros y, si de alguna casa provenía olor a carne, arrestaban al dueño, a veces le pegaban allí mismo, le azotaban en la planta de los pies, confiscaban la carne y cobraban una multa. Otras veces lo llevaban a la prisión de la iglesia y allí lo golpeaban y encerraban. En caso de que alguno se rebelara u opusiera resistencia, lo trasladaban a los calabozos del Patriarcado y allí lo mantenían preso durante meses, hasta que el «culpable» expresara su arrepentimiento. En ocasiones también lo confinaban en el manicomio como si estuviera loco, y en ese caso, ya no se tenían noticias suyas.

En esos tiempos oficiaba de manicomio el sótano de la iglesia Surp Hovhannes[1], de Narle Kapu. Ataban a los locos con cadenas y pasaban los grilletes por sus muñecas y pies. De esta manera, quedaban sumidos en su inmundicia y excrementos. Para hacer callar a los blasfemos durante los «santos sacramentos y ceremonias de la iglesia», los cuidadores los golpeaban de manera inmisericorde, incluso a veces hasta la muerte. Pero mi abuela decía que entonces ellos protestaban mucho más.

Y un día explicó bajo qué circunstancias el *amira*[2] Kazaz Artin decidió levantar un hospital público sufragado por él.

Con ocasión de una gran festividad, el patriarca oficiaba una misa solemne en la mencionada iglesia, rodeado de arzobispos y los mejores cantantes de la época, cada uno de los cuales destacaba en su barrio por la fama que le daba su voz. Mi abuela recordaba sus nombres, e incluso el del director del coro, «como el que no ha habido otro igual en el mundo». En esa misa solemne también asistían los más célebres *amiras* y sus séquitos, formados por los comerciantes ricos de la época y los notables de los barrios.

Pero los «locos» encerrados en el sótano comenzaron a vociferar sus blasfemias desde el comienzo de la misa con tal ímpetu colectivo que sus ecos sordos alcanzaban y molestaban al oficiante y a los devotos asistentes. En vano, los robustos cancerberos, «de cada uno de cuyos bigotes podía colgar un hombre», bajaban al sótano a una señal del enfurecido oficiante y ordenaban a los cuidadores que «liquidaran a esos perros».

---

[1] San Juan. (*Todas las notas son la de traductora*).
[2] Notable de la comunidad. Representante de la burguesía armenia de Constantinopla.

Los prisioneros continuaban con sus insultos y blasfemias, incluso estando sometidos a despiadadas palizas, armando un gran alboroto en su terrible cólera agonizante.

Finalmente, ese día, una artesana de Samatia, a la que llamaban la desvergonzada Baitzar, de la que luego dijeron que estaba «endemoniada», conmovida por la situación de los locos del sótano, había comenzado primero a llorar en voz alta y luego a blasfemar contra la misa y su oficiante, y, en señal de protesta, acabó tirando los cojines sobre «los devotos asistentes».

Después de la misa, cuando el patriarca, el arzobispo, los *amiras* y sus fieles notables estaban congregados en la gran sala de reuniones y con sus rostros ceñudos rumiaban sobre los acontecimientos del día, uno de ellos, dirigiéndose al *amira* Kazaz, le señaló la inconveniencia de tener guardados a los locos en la iglesia sede del patriarcado.

—Son malos tiempos, *amira* —le contestó él—. Con el debido respeto, el número de desobedientes y locos en el barrio aumenta de día en día y nuestro calabozo resulta demasiado pequeño. Solo tú puedes remediarlo.

—Oh, Santo Redentor —clamaron al unísono los eclesiásticos y el público presente—. Son malos tiempos, sálvanos de nuestros infectos corderos.

En ese instante, el *amira* Kazaz decidió sufragar la construcción de un manicomio y de la capilla del Surp Phrgich[3] fuera de las murallas de la ciudad, en una zona desierta llamada Yedi Culé.

Mi tía Yeranig se emocionaba oyendo esas historias y, poniéndose en el lugar de los pensamientos de la gente de esa época, decía enfadada:

---

[3] Santo Redentor.

—Dudu, qué desorientados estaban, podían haber recurrido al Gobierno, hacerse turcos o lo que fuera para salvarse. La abuela movía la cabeza enfurecida y reaccionaba contra las crueles palabras de mi tía persignándose mientras decía:

—No había salvación miraras donde miraras.

Sin embargo, podía suceder que mediante sobornos o algún otro medio similar, el «culpable» encontrara un protector musulmán y el Patriarcado perdiera fuerza para ejecutar sus medidas punitivas. En esas ocasiones, según explicaba mi madre, recurría a un medio terrible, la excomunión. Desde los púlpitos de las iglesias de todos los barrios, los sacerdotes lo anatemizaban y excomulgaban y él y toda su familia se transformaban en leprosos para la comunidad. Pasados unos pocos meses, después de ufanarse, cuántos hombres orgullosos ya no podían soportar la situación y se prosternaban, pidiendo perdón de rodillas y poniendo todos sus bienes a disposición del Patriarcado para que dejara sin efecto el anatema y volvieran «a ser humanos». Algunos, contaba mi abuela, «renegaban de su fe y adoptaban el islam».

Así eran los tiempos en que Dudu, por primera vez a los catorce años de edad, salió fuera de su casa para ir a la iglesia, escoltada por las ancianas de la familia. En esa época, las mujeres cristianas de Constantinopla no vestían a la europea, sino como las turcas, llevaban *feradje*[4] y *entari*[5], y cubrían su rostro con *yashmak*[6] o un simple velo, de acuerdo con su posición social.

A la vuelta de la iglesia, Lucig y sus familiares se encontraron con los jenízaros, que se lanzaron sobre la tierna jo-

---

[4] 'Abrigo suelto'. En turco en el original.

[5] 'Túnica larga'. En turco en el original.

[6] 'Especie de velo que solo deja los ojos al descubierto'. En turco en el original.

ven, le desgarraron el *feradje* porque tenía rosas de color verde, color sagrado para el islam que los infieles no tienen derecho a llevar. Pero lo más grave era que quitaron el *yashmak* de la cara de Lucig. Al grito de las ancianas, acudieron el diácono y el sacristán, y aprovechando una disputa entre los jenízaros consiguieron poner a Lucig a salvo en casa.

Pero la desgraciada ya había sido deshonrada. ¿Quién se iba a casar con una muchacha cuyo rostro había sido visto por los así llamados «paganos»? Además, ya era peligroso mantener en casa a esa chica que había sido «vista». Un día u otro los jenízaros podían raptarla. Para salvar la casa y la familia del probable deshonor, los padres de Lucig contrataron una casamentera para que le buscara un prometido.

La casamentera vino a Üsküdar a buscar a un joven a quien difícilmente pudiesen quitarle la mujer. Allí los jenízaros tenían una influencia menor, porque los *jabadain*[7] de los barrios contenían en cierta medida sus desenfrenos, sea concertando alianzas, sea luchando cuerpo a cuerpo o a cuchilladas —a sus espaldas se hallaban Anatolia y no lejos los bosques, donde podían refugiarse si fuera necesario—. Mi abuelo Hagop provenía de una familia de conductores de caravanas conocida por su intrepidez e ingenio. En esos viejos tiempos, el tránsito de caravanas confluía en Üsküdar y era célebre por sus caravasares y estaciones de caballos veloces. El padre de Hagop, Shirin, y su hermano, Farhad, guiaban las caravanas hasta Bagdad, Basora, Persia, y según mi tía Yeranig, «hasta la India y la China». Además, Shirin era trovador[8], y Farhad, cuentacuentos[9].

---

[7] 'Vigilantes no gubernamentales de los barrios'. En turco en el original.
[8] En armenio, *ashugh*.
[9] *Meddah*. En turco en el original.

Dudu fue muy desgraciada con esa boda. No solo fue a parar de súbito a un ambiente diferente de su vida habitual, sino que Hagop, el hijo de Shirin, resultó ser un hombre extraño y con una vida desordenada. También él trovador y cochero —ya no había caravanas—, héroe de las tabernas, pendenciero y aventurero, a veces dejaba coche, casa, mujer e hijos y, obedeciendo a un impulso irresistible, cabalgaba veloz por el camino de Posda. Su huella se perdía por el valle que se extiende detrás de Chamledja. ¿Dónde iba?, ¿qué hacía? Nadie ha conseguido saciar mi curiosidad.

Probablemente fuera por las ciudades de Anatolia para participar en las celebraciones en su condición de trovador. Quizás simplemente al llegar a determinado lugar dejaba el caballo y erraba por senderos desconocidos como un derviche, sin un propósito determinado. En todo caso, en mis años de juventud, los viejos de Üsküdar decían que Hagop, el hijo de Shirin, era un trovador sin igual, sobre todo cuando cantaba o recitaba improvisando. Los turcos apreciaban tanto su arte trovadoresco que tomaban clases con él. Dicen que a veces ponía por escrito sus cantos, utilizando el alfabeto armenio para el turco, pero yo no he logrado encontrar ninguno de esos textos. Solo he oído tres poemas trovadorescos de mi abuelo por boca de la viuda de otro trovador de origen armenio, Hakki, que me parecieron maravillosos. Pero en esa época tenía apenas doce años. Tampoco he conseguido saber qué instrumento tocaba Hagop. Después de la muerte de su marido, mi abuela había destruido a pisotones ese instrumento, quemado todos los papeles y se negaba a dar cualquier información sobre las actividades trovadorescas de su marido, a las que consideraba el origen de sus sufrimientos.

Hagop volvía de sus viajes misteriosos cansado, agotado. Se entregaba silencioso a los cuidados de su mujer, recuperaba fuerzas, comenzaba a levantar cabeza y he aquí que un día se volvía a lanzar a los caminos a lomo de su caballo. Durante estas desapariciones, su mujer quedaba desamparada y a veces sometida a una pobreza extrema. Siempre embarazada, maldecía a su marido, maldecía su suerte y se refugiaba en la iglesia. En estas condiciones tuvo trece hijos, de los cuales vivían nueve. Mi madre era la penúltima de ellos.

Por lo tanto, yo tenía cinco tíos y tres tías por parte de madre. Cuando nací, el único que estaba casado era mi tío Nahabet y vivía con su familia en Yeni Mahalle. Era herrero, como mi tío Jachig, que vivía en Pera. Mis otros tíos eran trabajadores del *yazma*[10], igual que mis tías, y vivían en casa.

Desde los primeros días de mi infancia, mis ojos han descansado en el rostro claro y sereno de mi padre. Sus risueños ojos azules, sus labios gruesos, su fisonomía regular con los pómulos un poco levantados, su estatura, sus manos patricias inspiraban sentimientos de bondad y elegancia. Su juicio era excelente y estaba dotado de una equilibrada inteligencia. Los bruscos cambios que le sobrevinieron en su vida eran capaces de abatirlo y amargarlo, pero superaba todo ello con el poder de su ética y se enfrentaba a todas las situaciones con optimismo. Cualquiera que viera su rostro blanco en su vejez, sin arrugas, con sus abundantes cabellos sobre la ancha frente, y oyera sus palabras tranquilas y ponderadas, se quedaría con la impresión de que era un hombre que había alcanzado todos sus objetivos y cuya vida

---

[10] Se dice de la tela con dibujos pintados o estampados, con la que se hacían pañuelos, cojines, manteles, etc.

había transcurrido sin obstáculos, como un río que fluye suavemente.

Su padre, Hovhannes, era juez en Rumelia. A los cincuenta y cinco años de edad se había quedado ciego y había vivido así veinte años continuando su trabajo. El origen de mi abuelo paterno estaba rodeado de misterio. Había entrado sangre extranjera en la familia, probablemente eslava. Sobre este asunto había alusiones por parte de los ancianos de la familia de mi padre, pero a él no le gustaba hablar de ello. Solo afirmaba, cuando se presentaba la ocasión, que ciertamente «había entrado sangre extranjera en nuestra familia».

Después de terminar el instituto de Üsküdar, mi padre había ido a Tiflis y había viajado a Daguestán por asuntos familiares, para resolver cuestiones relacionadas con la herencia. Sabía ruso y un poco de georgiano y mantenía correspondencia en esas lenguas. Aún se conservan algunas de las cartas que había recibido entre el fajo de papeles que dejó.

Sus padres habían querido fervorosamente que su hijo recibiera educación superior en Rusia, «donde tenía protectores». Mi padre aspiraba dedicarse a la medicina y se había preparado en esa dirección. Pero por motivos familiares mi madre lo hizo volver del Cáucaso y él ya no pude alejarse de Constantinopla.

Mi abuela paterna, Yeranuhi, venía de una familia de Agn relacionada con la Corte. Su padre era abastecedor oficial. Las tías de mi padre, las hermanas Melikian, con el tiempo llegaron a ser las damas de honor de la madre del sultán Aziz. Las dos hermanas venían a veces a Khaskugh para visitar a sus padres, con el coche oficial y acompañadas de un eunuco negro. En esa época, las mujeres armenias ya se vestían a la europea, pero las hermanas Melikian debían llevar *yashmak* y *feradje* de acuerdo con la etiqueta del palacio, aunque conservaban su nacionalidad y su fe. Algunas veces, en Navidad y Pascua, tenían hasta una semana de permiso para quedarse con sus padres. En esa circunstancia, eran libres de vestir con ropas europeas y llevar la cara descubierta. El día fijado para el regreso venía el eunuco con el coche y las llevaba a palacio.

Mi abuela Yeranuhi murió a los ochenta y cuatro años, dejando una herencia que provocó disputas familiares. Mi padre tenía cuatro hermanas y un hermano, y, pese a ser el menor, asumió la responsabilidad de ordenar los asuntos de toda la familia.

Solo conocí a una de mis tías paternas, Annig, una mujer tiránica que mantenía a sus hijos ya mayores bajo sus severas órdenes. No permitió que ninguno se casara para que no entraran extraños en la casa, en la que había instalado un protocolo perfecto de disciplina y tenía la obsesión por la limpieza. Dicen incluso que hacía lavar los leños del horno con agua y jabón.

Los parientes de mi padre eran serios y de palabras graves. Los varones habían recibido educación secundaria, la mayoría en el liceo de Galatasaray. Conocían bien el turco y el francés y algunos fueron funcionarios del Estado. Fueran hombres o mujeres, tenían un temperamento fuerte. Tanto los aspectos positivos como negativos de sus caracteres estaban acentuados. Mi tío era la excepción con su temperamento suave y benigno. Con apenas disimulado desdén, decían que era un hombre inofensivo y sin criterio propio. Los hombres de esa familia consideraban una cuestión de honor tomar posición y expresar su opinión a grandes voces. Surgían conflictos con frecuencia, incluso odios irreconciliables entre unos y otros. Los hombres eran en general liberales y seguidores de los principios de la Revolución francesa, y estos eran su fundamento moral. Las mujeres, en cambio, eran conservadoras, custodiaban las tradiciones y estaban dotadas de una potente agresividad, la cual, según mi padre, no solo intranquilizaba a los demás, sino también a ellas mismas.

Hombres y mujeres respetaban el decoro y todo lo hacían según las reglas al uso, excepto mi padre, a quien le agradaba salirse de las sendas marcadas y entregarse a sus fantasías. Eran todos altos, delgados, de tez muy clara, rubios, de ojos azules, pero en la vejez adquirían la fisonomía propia de la familia, la máscara tártara.

Siendo soltero, mi padre vivía en Vlanga, en la casa de mi tía Annig, viuda desde tiempo atrás. A causa de la enfermedad de una hija suya, se trasladaron a Üsküdar por consejo médico. Poco después, mi tía Annig riñó con mi padre porque le había aconsejado que permitiera que su hija se casara con el muchacho al que amaba. La tía Annig consideraba que ello era una invitación a deshonrar la familia. Esas eran las costumbres de la capital. Se consideraba deshonrados a los jóvenes que quizás no habían tenido ocasión de dirigirse la palabra y que con un intercambio de miradas e impulsados por un sentimiento recíproco deseaban casarse. Incluso hasta mi adolescencia he oído hablar de determinada familia con un claro tono de acusación diciendo que «se habían casado enamorados».

Mi padre dejó la casa de la tía Annig y se trasladó a la casa que les había legado su madre, también en Üsküdar, en la que vivían sus dos hermanas. Una tarde, mi padre, ya de cuarenta años, de visita en casa de un amigo, conoció a mi madre, una joven de dieciocho años, y quiso casarse con ella.

Mis tías se opusieron negándose a establecer parentesco político con la familia del «carretero Hagop». Pero mi padre se mantuvo firme en su determinación. Ocho meses después de la boda, se vio obligado a vivir en la casa de la suegra «hasta que la criatura naciera», y acabaron quedándose allí.

Cuando nací, mi padre, repentinamente, había perdido todo en los bonos consolidados. Este tipo de pérdidas eran frecuentes en Constantinopla. Mi padre se enfrentó a esta situación inesperada con una elevada dosis de sangre fría. Sus cuñadas confeccionaban *yazmas* en sus telares. Él se interesó en esta actividad e inmediatamente decidió abrir un taller donde estamparan los diseños negros del *yazma*. Aprendió el oficio y con espíritu imperturbable pasó de un estado a otro. Trabajaba durando todo el día y por las tardes se entregaba a la lectura. Se afanaba en buscar nuevos colores adecuados al *yazma* y llevaba a cabo pruebas en esa dirección en un taller que había construido en un rincón de nuestro jardín.

Mi padre era espléndido y le gustaba gastar con magnificencia. Pero ni las ganancias de su trabajo ni los últimos jirones de su herencia eran suficientes para satisfacer esa inclinación de su temperamento. Poco a poco, se habituó a endeudarse con intereses usurarios. De esta manera, nuestra vida familiar experimentaba súbitos altibajos: a veces vivíamos en una opulencia infinita, otras, en estrecheces que rozaban la indigencia. Los plazos de vencimiento explotaban más bien como bombas, porque hasta el último momento mi padre permanecía inmutable y actuaba como si tuviera un tesoro inagotable a su disposición. Y si resultaba que su corazón se angustiaba y la lectura no bastaba para disipar sus preocupaciones, se refugiaba en el jardín para dedicarse a sus flores.

Así, he nacido y vivido los años de mi infancia y adolescencia en una familia formada por tales componentes heterogéneos y sometida a condiciones económicas desiguales.

LA CASA

Nací en una casa corriente de dos plantas, de madera pintada de rojo, con las cortinas de las ventanas que daban a la calle casi siempre cerradas, porque justo enfrente había un colmado griego que al mismo tiempo era una taberna. La familia pasaba el día en las habitaciones traseras, cuyas ventanas se abrían a los sucesivos viñedos.

Más allá se hallaban los barrios turcos, con sus mezquitas monumentales, cuyos enhiestos minaretes blancos se unían a los negros cipreses. A lo lejos se veía también la cinta azul y resplandeciente del Bósforo, y, más allá, la silueta de Estambul, flotando en una niebla rosa por las mañanas, dorada durante el día y azulada por la noche, parecía un mundo de ensueño, cambiante y colorido.

Mis ojos infantiles estaban deslumbrados por esos rayos de sol, que cayendo sobre las cúpulas bañadas en oro de las mezquitas ardían en incendios de luz. Mis primeras impresiones visuales provienen de ese colorido y al mismo tiempo sutilmente delicado panorama, que suscitó en mí una honda influencia.

Incluso antes de ser consciente de mis pensamientos y de hablar, he llorado y reído con profunda emoción a causa de esas sensaciones, y posteriormente, cuando he visto otra vez el mismo paisaje, he vuelto a experimentar esa emoción ya conocida.

Recuerdo las mañanas de primavera, cuando esos vergeles, los jardines de Silihdar, se transformaban en ardientes rosedales. Esas rosas invadían la casa, adornaban las habitaciones desnudas, traían perfumes y matices a la blancura de sus paredes, se volvían juguetes en manos de los niños y sus pétalos llovían sobre todos y sobre todo.

Recuerdo las glicinias suspendidas por encima de las parras, que cubrían como si fueran suntuosas túnicas la miseria tambaleante de las decrépitas casas. La luz del sol, que se filtraba entre los frondosos árboles, caía sobre el suelo, en fugaces burbujas. Una brisa fresca pasaba como una caricia sobre los hombres y las plantas, con la que parecían jugar con coquetería las ramas recién brotadas.

Recuerdo las noches tibias y agitadas, el croar de las ranas en los estanques, las cabriolas de las luciérnagas y el chirrido interminable de los pozos artesianos, que se deslizaban en mis sueños perturbados de niña enfermiza mientras dormía. A veces se oía un caramillo de pastor en manos de un jardinero emigrado de las estepas de Rumelia, que cantaba una melodía lejana y nostálgica.

Recuerdo mi congoja ante la belleza multiforme de la naturaleza, mi deseo impotente de abrazarla, apropiarme de todos los aromas dispersos, matices, luz y sueños…

Me gustaba clavar la mirada en el cielo, donde las blancas nubes ceñidas de oro se transformaban suavemente. A veces se separaba un jirón de una nube y surcaba veloz la bóveda azul. Todo ello cobraba aliento y vida bajo mi mirada, y con la capacidad de mi comprensión infantil, dotaba de significado esos movimientos y transformaciones cuando fijaba mi vista en el ardiente horizonte del ocaso y en los ribetes rojizos que se delineaban alrededor.

Recuerdo la lluvia fresca de mayo, que caía con un murmullo apresurado sobre las azoteas cubiertas de plantas sedientas y las tejas rojas. El agua fluía torrencialmente desde los desagües y se abría paso en el suelo mojado y hendido formando arroyuelos en múltiples ramificaciones. Desde las ventanas abiertas, irrumpía dentro de casa el tierno aliento del aire recién refrescado. El aroma de la tierra arada y fertilizada de los jardines y viñas y el verde húmedo se apoderaba de la atmósfera. Y en las viñas, los jardines saciados de lluvia sonreían con sus flores cubiertas de rocío.

Me recuerdo caminando por los senderos del jardín, mis pasos infantiles sobre las manchas de luz que tiritaban en la sombra que dejaban las ramas temblorosas. Recuerdo la preocupación indefinida que me embargaba de golpe cuando oía atenta el susurro de los árboles y el murmullo de los arroyuelos.

Los albaricoqueros reales de esos jardines me han ofrendado sus frutos de oro, los rosales florecientes han ungido mi infancia con sus dulces perfumes. En vez de marchitarse, sus rosas rojas y blancas, en la suprema culminación de su belleza, han caído a mis pies en infinitos pétalos con un leve roce de mis dedos sensibles.

En el curso de mi vida he visto muchos países y gozado de muy diversas clases de bellezas naturales, pero el recuerdo de los jardines de Silihdar ha permanecido indestructible. He llevado conmigo a todas partes esos jardines y me he refugiado en ellos cuando nubes negras y amenazantes se acumulaban en el horizonte de mi vida.

Cuanto más sonrientes y risueños eran los jardines alrededor de casa, tanto más severo y frío era el interior.

Los hábitos ineludibles de limpieza, impuestos por órdenes de mi abuela, desterraban de casa cualquier objeto que constituyera un mínimo de desorden placentero, que trajera un mínimo de fantasía a nuestra vida cotidiana. Las paredes de todas las habitaciones estaban enlucidas y pintadas de blanco. El suelo era de madera, a excepción de dos habitaciones, que se cubrían con esteras. Esas maderas se lavaban y se frotaban con arena con tanta frecuencia que el olor a la madera mojada se había hecho habitual a nuestras narices.

Al frente de las habitaciones, se extendía un sofá de pared a pared, siempre tapado con un cobertor blanco como la nieve. Las paredes tenían un par de cortinas blancas, con los pliegues bien planchados. En una mesa redonda, cubierta con un mantel de croché blanco, había una jarra de agua y un vaso boca abajo sobre un plato de cristal. Comíamos en el patio, pavimentado de mármol blanco, y dormíamos con camisones blancos en lechos extendidos en el suelo, cuyas sábanas olían a rosas o a lavanda. Donde fuera a parar la vista, se encontraba con un blanco inexorable.

Ni una foto en las paredes ni un florero. Cuando mis tías traían flores del jardín y las colocaban en jarrones, en palabras de mi abuela, aquello era «pura suciedad». Únicamente en la temporada de rosas estas se acumulaban a montones en las mesas y sofás. Mi abuela solo toleraba su perfume porque «olía a limpio». Consideraba que el resto de olores, naturales o artificiales, eran impropios de las personas decentes.

A la llegada del invierno, cuando se cerraban las puertas del jardín, la desesperación se apoderaba de mi ánimo infantil.

Acurrucada en el regazo de alguna de mis tías en el blanco sofá, recordaba con añoranza los senderos soleados y los rosales. En esos momentos, cerraba los ojos y me contaba a mí misma cuentos de hadas, donde las flores hablaban, los árboles caminaban retozando y formando un corro de danza con sus ramas extendidas como brazos.

Afortunadamente, en casa había dos oasis, aunque mi presencia en ellos era infrecuente. Uno era la habitación de mi tía Yeranig, donde trabajaba en solitario el *yazma*. Ella protegía rigurosamente su privacidad y su habitación era para mí una estancia misteriosa, y consideraba una quimera la felicidad de entrar en ella. El otro era la sala más extensa de la casa, donde sus hermanas trabajaban el *yazma* en los telares, a veces frente a frente, a veces solas.

Esa sala constituía para mí un mundo maravilloso. El suelo estaba cubierto de esteras, que crujían suavemente bajo las chinelas de mis tías. El sofá estaba cubierto con un lienzo de colores. Las cortinas eran amarillentas con tupidas líneas rojas. Los principales objetos de mi maravillado asombro eran los telares, las mesas bajas delante de las cuales, sentadas de piernas cruzadas, mis tías Yughaper y Yeranig confeccionaban los *yazmas*. Vestían túnicas amarillas, rosas o azules, estampadas con enormes flores de colores. En un extremo del telar había unos platos de cerámica con tintes rojos, amarillos y violetas, mientras mi tía Yeranig trabajaba con el verde y el azul.

Las hojas y flores dibujadas en los *yazmas* adquirían color y relieve cuando mis tías empapaban los pinceles en una u otra tonalidad y los coloreaban. Extendían los *yazmas* ya pintados alineados en las cuerdas y charlaban mientras trabajaban velozmente. Ellas abrían en mi mente curiosa las puertas desconocidas del mundo exterior, y aunque no entendía demasiado sus conversaciones, mi imaginación acabada de despertar cobraba alas y creaba un universo con los retazos de esas conversaciones.

Especialmente amaba con fervor a mi tía Yughaper, a la que llamaba Gogo. Era la mayor de las hermanas y tenía sentimientos maternales no solo por mí sino también por mi madre. Era ella quien cuidaba de mí, me lavaba, vestía y por las noches me acostaba. Gogo era una mujer de constitución delicada, de cabellos castaño claro y profundos ojos negros, que cuidaba su aspecto con esmero. Llevaba el pelo cortado sobre la frente y era la única en la casa que usaba polvos de arroz, a pesar de las críticas que recibía por ello.

Le gustaban las telas de colores y recuerdo que durante años tuvo el deseo de coserse un vestido de terciopelo rojo, lo cual era imposible considerando que en casa dominaba el severo criterio impuesto por su madre. A veces Gogo caía en estados de melancolía, como si estuviera enfadada con todos los de la casa, y trabajaba triste y taciturna, con la mano izquierda sobre la sien, porque tenía un movimiento nervioso en la cabeza que empeoraba en esos días mientras unas lágrimas silenciosas surcaban sus delgadas mejillas. Ese cuadro de tristeza me oprimía el corazón y me afligía. Ya no sabía qué hacer para traer una sonrisa al rostro desesperado de Gogo, aunque a veces lo conseguía. Pero cuando estaba en buena disposición, Gogo era una mujer dulce y cariñosa. No he oído de nadie palabras más cálidas y afectuosas que las suyas. Cuando se ocupaba de mí en cada una de las actividades diarias —desvestirme, vestirme, etc.—, nunca cesaba de envolverme en efusivos murmullos. Cumplía todos mis deseos con una paciencia infinita, me peinaba con suavidad y me contaba historias o me cantaba con una voz dulce y triste para entretenerme.

Mi tía Makrig, al contrario, poseía un temperamento violento y su humor cambiaba repentinamente. Amante de la vida y dotada de una personalidad exuberante, pero sin la posibilidad de poder salir de casa como sus hermanos para entregarse a los impulsos de la naturaleza, a veces tenía violentos brotes de ira por motivos nimios e incluso se rebelaba contra su madre. Después de su muerte, en una edad más que madura, se casó con un desgraciado, por el que profesó un verdadero desprecio hasta que enviudó. Pero gracias a ese matrimonio obtuvo su libertad y se entregó a una fiesta interminable. Cada noche se preparaba una bandeja de aguardiente; las visitas, la mayoría de las cuales eran músicos y vecinos, armenios y turcos, se reunían y se divertían cantando. Si sucedía que un vecino de rostro agriado murmuraba censurando estas fiestas interminables a sus espaldas, y ello llegaba a sus oídos, ponía al maledicente en su sitio sin vacilar.

En los breves días invernales, cuando mis tías seguían trabajando a la luz de la lámpara, mi madre me llevaba a esa habitación, a veces en brazos, a veces cogida de su mano. Habían instalado una estufa para secar rápidamente los *yazmas*. Los leños centelleaban, la luz de las lámparas parpadeaba. El olor de los tintes y las imágenes que creaban en mi interior las conversaciones me producían vértigo. En ocasiones, mi padre llegaba tarde porque se quedaba trabajando hasta la medianoche en su taller. En esas circunstancias, a veces se olvidaban de llevarme a la cama. Uno a uno, mis tíos volvían de sus ocupaciones, más frecuentemente de las tabernas, y empezaba una conversación general sobre el trabajo, el patrón y los otros trabajadores y trabajadoras.

Tanto mis tíos como mi tía materna Makrig —la tía Yughaper era dulce y de talante conciliador— hacían objeto de sus burlas despiadadas y su desdén al patrón, de nombre Chevigents Parthig. Su hermano, Tateos, era tonto y los vecinos lo apodaban «Aré»[11]. Mis tíos contaban sus hazañas en el mercado y en las calles y reían a todo pulmón.

A veces rememoraban antiguas aventuras relacionadas con su padre y sus tíos y yo las escuchaba como si fueran historias maravillosas. Pero toda mi felicidad alcanzaba su cúspide cuando mi tío materno Dikran volvía de la taberna; Gangan, como lo llamaba, era de naturaleza jovial y tenía

---

[11] 'Abeja'. En turco en el original.

el vino alegre, a diferencia de sus dos hermanos, Boghos y Bedros, que eran pendencieros cuando habían bebido.

Gangan me cogía en sus brazos, me levantaba hasta el techo, hacía mil bromas con uno y con otro y a veces también, recostado sobre la estera, recitaba *destans*[12] o cantaba alguna de las canciones trovadorescas que había compuesto. Transcribía los poemas en turco con el alfabeto armenio. He conseguido salvar algunos de esos textos y los conservo hasta el día de hoy.

Mi tío Dikran había ido a la escuela y recibido educación. Conocía muy bien el armenio clásico y el turco. Después de acabar la escuela Surp Jach[13] de Üsküdar, había entrado a trabajar como secretario con un comerciante turco de Trebizonda. Pero un día se había ido del comercio, había vagado por las ciudades de Anatolia y vuelto a Constantinopla en un estado calamitoso. Luego también entró en el negocio del *yazma* y se convirtió en obrero textil como sus hermanos Boghos y Bedros. Iban a la orilla del mar a lavar el *yazma* tanto en los calores estivales como en los fríos inviernos. Volvían de subida con los paños mojados en los hombros, preparaban las tinturas, distribuían el trabajo en los barrios y cada noche iban a la taberna para aliviarse de la dura jornada laboral.

Gangan era un hombre con un rostro agradable, ojos negros, abundantes cabellos también negros y bigote espeso. Cuando estaba medio borracho, contaba con dulce voz viejas y nuevas gestas de los *jabadain*. Hablaba también de otros hombres bravos, quienes, habiéndose rebelado contra la injusticia reinante, se habían retirado al monte y se habían vuelto bandoleros. Mi tío Dikran se refería a ellos con

---

[12] 'Sagas épicas'. En turco en el original.
[13] Santa Cruz.

tanto fervor que durante largo tiempo pensé que las personas más dignas de elogio eran los bandidos refugiados en el monte. Cuando Dudu estaba presente en la conversación, fruncía el ceño y fijaba la mirada en un punto indefinido. Gangan advertía el desagrado de Dudu y medio en broma, medio en serio, le decía:

—Eh, ¿qué pasa, Dudu? ¿Por qué tuerces el gesto?

Los labios pálidos y desdeñosos de mi abuela no se dignaban a responder.

Con mucha frecuencia Gangan deploraba la debilidad de su generación.

—¿Acaso no somos los nietos de Shirin? ¿Quién iba a decir que de semejante tigre iban a salir gatitos como nosotros? ¡También nosotros somos hombres! El hermano de Ari nos lleva de la nariz por donde le da la gana. ¡Maldita sea esta vida!

Bruscamente daba un puñetazo en el telar de Makrig y suspirando profundamente exclamaba: «¡Of… of…!».

Un día de invierno, pasada la medianoche, trajo a casa a un desconocido fugitivo extranjero, contrabandista de tabaco, al que la policía le pisaba los talones. Estos contrabandistas eran generalmente circasianos, y se les habían unido algunos armenios. Mi tío Dikran había establecido relaciones con ellos, lo cual había espoleado su temperamento aventurero. Los contrabandistas iban armados y luchaban con todos sus medios contra el Gobierno, que había dado el monopolio del tabaco al Estado francés como garantía de un préstamo. Los campesinos que cultivaban tabaco en los pueblos próximos a Constantinopla colaboraban con los contrabandistas con todos los recursos de que disponían.

Los guardias del Gobierno y los gendarmes convocados para luchar contra los contrabandistas habían sido elegidos entre los guerreros más osados y tenían instrucciones de actuar sin compasión contra los delincuentes. Solían tener lugar peleas heroicas en los alrededores, que infaliblemente terminaban en asesinatos.

La familia se había quedado pasmada ante la audacia de Gangan. Creo recordar que el fugitivo tenía un rostro afilado como la hoja de un cuchillo, pequeños ojos chispeantes y una tez parduzca que lo hacía parecer un hombre de color. En esa época yo tenía apenas cuatro años. Tres días después, cuando el fugitivo se había ido de casa, mi padre y Dudu deliberaron sobre el tío Dikran. Había cogido el camino del monte, como un bandolero, por lo cual había que pararle los pies. Y lo consiguieron. Lo casaron rápidamente con la hija del pescador Nigot para que se estableciera y abandonara su temperamento vagabundo.

Gangan ya no se alejó de Üsküdar, pero año tras año fue siendo presa de un desenfrenado alcoholismo. A veces, en situaciones extremas de ebriedad, llamaba a nuestra puerta en horas inoportunas despertando a toda la familia para que en alegre multitud se compartieran sus anhelos juveniles, que rememoraba saltando de un tema a otro. Lanzaba un profundo suspiro y clamaba:

—¿Y tenemos la cara de llamarnos nietos de Shirin? ¡Dónde ellos, dónde nosotros! No somos más que desecho, productos de nuestro tiempo, oh, oh.

NUESTRA CALLE

Nuestra calle se elevaba por un lado hacia el mercado de Selamsiz y por el otro bajaba hacia los barrios griegos y armenios. Nuestra casa estaba justo en el centro y los vecinos eran antiguas familias acomodadas de artesanos. En la parte de la calle que subía hacia Selamsiz había antiguas casas de emires. Sus habitantes, de diferentes sitios, vivían retirados en sus vastas y desmoronadas casas de madera mordisqueando codiciosos los últimos desperdicios de su antigua opulencia. Ellos, huraños, habían envejecido en sus casas, con sus picos de buitres y sus miradas ceñudas e irritadas. Algunas de esas antiguas familias habían dejado sus casas, que se habían vuelto inhabitables, y, carentes de medios para restaurarlas, se habían refugiado en sus antiguos establos o en las dependencias de los sirvientes. Pocas de ellas habían tenido descendencia, y la mayoría de los jóvenes no sobrevivieron. Pero los vástagos que quedaban se habían hecho cocheros, caballerizos, porteros. Uno de ellos se desempeñaba como conserje en una escuela, conduciendo a los alumnos y cargando sus pesadas cestas.

Dudu conocía al detalle las historias de estas familias y a veces consentía en hablar de ellas. Lo que me embelesaba especialmente eran los extensos jardines de esas viejas casas, sobre las que se contaban maravillas, con sus árboles traídos de países lejanos que daban flores y frutos exóticos.

Sobre los sucesivos terraplenes se sucedían fuentes, cuyos chorros de agua estallaban en múltiples saltos para precipitarse luego de una fuente a otra. En las celebraciones de compromisos y bodas los jardines se iluminaban y los cohetes se elevaban hasta el cielo. Vestidas de lino y terciopelo veneciano, bellas mujeres circulaban por la fronda. Ahora todo estaba seco, desalentado y muerto y en esos jardines de leyenda, cuyas altísimas y derruidas murallas estaban corroídas por el musgo y el liquen, la maleza estrangulaba los troncos de los árboles.

La familia, estimulada por los recuerdos de Dudu, imaginaba los días del pasado esplendor, especialmente al principio de la entronización del sultán Aziz, pero también los trágicos acontecimientos, como fortuitas caídas en desgracia, decapitaciones, exilios y otras historias por el estilo. Al oír todo eso, mi tía Yeranig señalaba con el dedo una silueta arrogante de aspecto fantasmal en un jardín distante y decía con desprecio:

—Hace tiempo ya que se bajaron del burro, pero el «arre» no se les ha ido de la boca.

La parte alta de la calle culminaba con las confortables casas de los comerciantes recién enriquecidos. Sus habitantes eran laboriosos. Los hombres se iban por la mañana temprano al mercado, mientras las mujeres, ataviadas a la última moda, se visitaban unas a otras. No tenían coches propios, pero alquilaban los mejores carruajes de dos caballos y los domingos y días festivos iban a Chamledja. Atravesaban veloces por el antiguo barrio aristocrático de Tophané Oglu, levantando nubes de polvo a su paso. Estos comerciantes y mercaderes eran los elegidos como miembros del consejo vecinal y respaldaban su nombramiento con abundantes regalos. A menudo, estas casas de orden invitaban a comer a los predicadores de las iglesias de Surp Jach y Surp Garabed y los serviles sacerdotes siempre tenían pan bendito para darles a los niños de esos comerciantes dondequiera que se los encontraran. En los centros de recreo, en los casinos, en todas partes, los criados se apresuraban a servir a estas familias, que llenaban todo Üsküdar con sus ruidosas diversiones y opulentos ornamentos de advenedizos.

El piano había entrado en sus casas y los bailes europeos se habían vuelto obligatorios. Sus muchachas iban a la exclusiva escuela Mezbourian y en ocasiones al colegio de las hermanas francesas, y luego al *college* americano, Homeschool. Los chicos iban a la escuela Berberian, y después de graduarse marchaban a Europa.

En esos tiempos, despertaba especialmente mi interés la taberna de enfrente, un misterioso territorio desconocido y por siempre restringido para mí. Mis ojos asombrados y deslumbrados observaban entre los intersticios de las cortinas cerradas un mundo diferente que se extendía delante de casa. De la taberna se deslizaban voces alegres o tristes, suspiros y cantos. También se filtraban a la calle el olor acre del pescado frito y los aromas ahumados de los diferentes alimentos asados. A veces venían gitanas, danzaban delante de la taberna y las videntes clamaban con voz aguda «adivina, tira las habas, predice el futuro». Venían prestidigitadores, derviches, hechiceros y montaban diferentes juegos. Un día llegó un encantador de serpientes de blanca barba que con diversos movimientos de su varita mágica hizo salir las víboras de un talego que traía colgado del cuello. Ellas reptaban por los brazos de su amo, se enroscaban alrededor de su cuello. Luego, obedeciendo otra vez a los movimientos de la varita, bajaban hasta el suelo, se juntaban y bailaban con la cabeza erguida, mientras el artista ambulante tocaba la flauta. Los gitanos venían con osos, monos, y los hacían evolucionar al ritmo del tambor. En esas ocasiones, no solo se amontonaban en la calle los parroquianos de la taberna, sino también los vecinos y transeúntes. Mujeres jóvenes y entradas en edad miraban desde las ventanas, con el cuerpo inclinado por la cintura. Quién sabe de dónde, llegaban enjambres de niños, algunos sin gorras y descalzos, otros bien vestidos, que embestían por las calles y entre los gitanos y se apiñaban delante de la taberna.

Allí he presenciado alegres celebraciones griegas, procesiones con gente ataviada con flores, fiestas paganas, unas de las cuales se ha grabado en mi memoria. Un hombre cargaba a sus espaldas un montón de ramas tiernas y brotes verdes y cantaba columpiándose hacia delante y detrás, mientras adolescentes y jóvenes griegos, cada uno con un rociador, esparcían agua en una gavilla de ramas. Los primeros de mayo, todas las casas, pero especialmente las griegas, se adornaban con rosas y guirnaldas de diversas flores. Se llenaban enormes recipientes con espumosa leche, porque era costumbre beberla ese día en abundancia. He visto también las sombrías celebraciones de los turcos chiitas, sus procesiones ensangrentadas, gentes con rostro endemoniado, que golpeando sus pechos clamaban con voz cavernosa «¡Ay, Hasan, ay, Hussein!». Recuerdo las noches del Ramadán, cuando latían los tambores y flautas en los barrios del fondo hasta el estallido de los cañones al amanecer, y el interminable alboroto de jóvenes turcos borrachos que parecían anunciar una tragedia.

También recuerdo los días anteriores a la celebración del Kurban Bayram, en que pastores encapuchados conducían las ovejas de rizadas lanas adornadas con cintas azules y rojas y cuyos desmayados balidos se perdían entre el tumulto de los jóvenes turcos.

Pero nuestra calle se animaba especialmente con las celebraciones armenias. Todos nuestros vecinos artesanos se preparaban desde días atrás para afrontar los pesados y solemnes festejos.

Hacia finales del verano, la fiesta de la Madre de Dios, en que por primera vez en el año las mesas se llenaban con la uva *chavush*, y la celebración del *Vartavar*, en que incluso los vecinos más circunspectos se volvían alegres y se lanzaban cubos de agua entre ellos. Más tarde llegaba la festividad de la Cruz, a principios del otoño, y los carros chirriantes de los barrios bajos se iban al santuario de Armash, y volvían con yuyubas, frutos de olivo ruso e historias maravillosas. Pero recuerdo sobre todo la víspera de Reyes, cuando grupos de niños griegos y armenios pasaban por las calles y llamando a las puertas cantaban acompañados por el tambor:

¡Ha llegado San Basilio!

Y los chicos armenios anulaban las voces de los griegos, y viceversa:

¡Se han abierto las puertas de las tierras armenias,
se desveló la luz, surgió el sol!

La parte baja de nuestra calle siempre estaba llena de niños alborotadores, de obreros y pescadores medio saciados, medio hambrientos, para quienes la vida desde la primavera hasta los principios del invierno transcurría en los umbrales de las casas. Cuando bajaba por la calle con mi tía Yeranig, las puertas de todas esas casas de una sola planta estaban abiertas, y las habitaciones, con sus numerosas ventanas, descubrían como si fueran balcones la vida interior e íntima de sus habitantes.

Griegos y armenios resolvían sus disputas familiares en la calles: allí se hacían propuestas matrimoniales, y también en la calles se sometían a discusión diferentes asuntos de interés general. En nuestras calles no podían faltar ni las discusiones y peleas ni la alegría. A la vocinglería de los griegos, alborotadores y charlatanes, y, al virtuosismo de los armenios en el arte de maldecir, se sumaban el tumulto y los ladridos de los perros, así como los prolongados gritos y reclamos melodiosos con los que los vendedores ambulantes ensalzaban su mercancía. A los de casa, con la excepción de la tía Yeranig, no les gustaba ir por esa calle, y preferían ir por el lado de Selamsiz. Allí el ruido y el bullicio no cesaba sino a altas horas de la noche y el instrumento amado por los griegos, la *laterna*, que alguien llevaba siempre a sus espaldas, paseaba a menudo sus alegres sones por todas las calles. Con frecuencia solía detenerse en la taberna de enfrente. Las voces roncas de los borrachos resonaban en las canciones lúbricas de la *laterna* y una canción popular griega solía elevarse sobre el resto de voces y sonidos. Pero a veces el guardia avisaba con voz lastimera de que había un incendio en la ciudad. Los perros aullaban, los guardias lejanos propalaban el aviso y yo escondía la cabeza bajo la manta, sin aliento, con el alma llena de angustia y espanto.

«DESDE EL DÍA QUE A DIOS, LIBRE...»
Y EL ALFABETO

Cuando rememoro los primeros días de mi infancia, los retazos de mis recuerdos se presentan en mi mente con una extraordinaria claridad. Había nacido mi hermano y fallecido con dos meses y yo guardo en mi recuerdo su féretro de tafetán blanco, colocado sobre la mesa.

Tenía solo cuatro años cuando nació mi hermana y aun así me acuerdo con precisión de la nodriza griega y la confusión y decepción de la familia porque esperaban un niño.

Recuerdo también los paseos por la avenida de Tophane Oglu, yendo hacia una cafetería donde mi padre fumaba el narguile mientras conversaba dulcemente con mi madre. Yo vagaba alrededor de todo el jardín y hablaba con los geranios, que me parecían seres extraordinarios.

Pero sobre todo también recuerdo los períodos de enfermedad, cuando con el perspicaz discernimiento de un niño precoz percibía la preocupación de mi entorno y el significado de la severa seriedad del médico. Aún siento el tacto fresco de la mano de mi padre en mi frente febril, y su rostro anhelante, que se volvía sonriente cuando mis ojos plenos de un terror indefinido se topaban de súbito con su mirada.

La muerte y la vida luchaban en mi pequeño ser, pero en contadas ocasiones la lucha se detenía.

Era seguramente en uno de esos períodos cuando una tarde de otoño mi padre extendía una estera en la habitación que miraba al jardín y la clavaba en la pared con varillas de madera. Los golpes rítmicos del martillo mecían mis pensamientos. Sentada a mi lado, mi madre seguía con la mirada y en silencio el trabajo de mi padre. Fuera, el crepúsculo otoñal encendía el cielo. En un punto lejano a mi mirada un ciprés se balanceaba suavemente. De repente, empecé a recitar con voz temblorosa:

«Desde el día que a Dios, libre,
le plugo insuflar aliento
a mi estructura de barro,
darle el don de la vida,
yo, un infante aún, sin palabras,
extendí mis manos…»[14].

Mi padre, sorprendido, detuvo su actividad, vino a mi lado, me puso en su regazo y comenzó a hablar entusiasmado con mi madre, de cuyas mejillas resbalaron un par de lágrimas.

Mi padre había leído ese poema unas cuantas veces para enseñárselo al hijo de mi tío e inconscientemente se había grabado en mi mente.

Tenía cuatro años cuando en el invierno del mismo año aprendí a leer. Con la caída del sol mi padre volvía a casa, se lavaba, se cambiaba la ropa y vestido con un batín de marta cibelina se sentaba en una butaca baja, delante de la cual se hallaba el brasero de bronce. En el fuego, hervía sobre el trípode el agua para el té. En esa época el consumo del té no estaba extendido en Constantinopla, pero mi padre había traído esa costumbre del Cáucaso. Preparaba el té con sus propias manos, llenaba las tazas y llevaba a cabo todas las ceremonias correspondientes. Mientras esperaba que el

---

[14] Primera estrofa del poema *Libertad*, de Mikael Nalbandian (1829-1866).

agua hirviera, leía el periódico del día, el *Arevelk*[15]. Yo me sentaba en su regazo y él me cubría con la falda de su batín. Pasaba horas de felicidad en ese nido cálido y seguía con mis ojos las letras del periódico. A veces señalaba con mi dedo una letra y le preguntaba a mi padre. Él interrumpía la lectura y me contestaba. A menudo se entrometían mi madre o mis tías:

—Deja tranquilo a tu padre, no molestes.

Pero mi padre les indicaba por señas que todo iba bien y, abrazándome con más fuerza, satisfacía mi curiosidad con una enorme dosis de paciencia. Y así, un día aprendí a leer. Mi padre no podía creer que yo realmente fuera capaz de hacerlo. Me iba señalando letras en las diferentes páginas del diario y yo leía deletreando con la lengua aún titubeante.

A partir de entonces, por donde viera letras, mi mente entraba en movimiento hasta que estaba demasiado cansada. Con frecuencia tenía fiebre. Mi cabeza pesaba, perdía completamente el apetito y lo que había sido motivo de alegría para mis padres se transformó en objeto de preocupación y pesadumbre.

Más tarde supe que el médico había sospechado que había tenido meningitis y que probablemente la precocidad de mi mente sería un síntoma de esa enfermedad.

---

[15] Oriente.

LA CIUDAD DE ANI, SENTADA, LLORA

Otra vez enferma, dormía en un rincón del sofá. Las glándulas de mi cuello estaban inflamadas y una hinchazón purulenta me obligaba a tener la cabeza inclinada sobre el hombro. Parecía que nunca me iba a librar de las punzadas de dolor y del olor repugnante de la pasta de belladona.

Ese invierno nevaba mucho. Desde un extremo de la ventana observaba la calle que se elevaba hacia Selimiye. A lo largo de las paredes se deslizaban escasos transeúntes, con el cuello del abrigo levantado y el fez calado hasta las orejas. Los perros aullaban temblando de frío y buscaban refugio en las casas pasando de un umbral a otro.

De repente, aparecieron en la calle unos niños de diferentes edades. Acababan de salir de la escuela armenia y resbalaban corriendo sobre la nieve, a pesar de ir cargados con sus carteras y fiambreras. No se daban prisa por volver a casa, sino que se juntaban, formando dos grupos, y dejando a un lado carteras y fiambreras se ponían a jugar con bolas de nieve. El alboroto se apoderó de la calle y sus voces y gritos agudos golpeaban mi ventana, cubierta en una cuarta parte por una capa de nieve.

Olvidada de mis dolores, seguía con toda mi alma el juego de los chicos… ¡Cómo me hubiera gustado estar con ellos! ¡También yo haría velozmente bolas de nieve, las lanzaría a este y a aquel, rodaría, reiría, correría, brincaría!

Pero los mayores no entienden de estas cosas. Al día siguiente me iban a someter a una operación quirúrgica y, considerando que delante de la ventana pasaba frío, querían llevarme a la cama y cerrar las cortinas. Mi tía Iughaper intentaba convencerme con palabras persuasivas.

La función de mi tía Yughaper era hacerme dormir cada noche y para alcanzar su objetivo me cantaba con voz quebrada:

La ciudad de Ani, sentada, llora,
No hay nadie que le diga no llores, no llores...

Esta canción lastimera me desesperaba. Sumía mi alma en una tristeza indefinida pero densa. Quería gritar, implorar que se disipara esa tristeza, pero sabía por experiencia que había un método más fácil de liberarme de ella. Cerraba mis ojos y simulaba dormirme. Entonces, la voz de mi tía Yughaper se iba debilitando lentamente hasta desaparecer. Me cubría suavemente los hombros con la colcha y se alejaba con pasos lentos.

Y cuando sentía que estaba sola en la habitación, abría mis ojos bien grandes... y a la luz débil y parpadeante del candil veía sombras que se alargaban por los rincones oscuros de la habitación y se abalanzaban sobre mi. Vagaban en el aire siluetas espectrales, a las que mi imaginación enfermiza lanzaba dentro de la habitación, y al cerrar mis ojos contraídos por el espanto veía la ciudad de Ani, que lloraba sentada entre las ruinas. Había visto un cuadro en la casa de un pariente, pero, en mi imaginación, la ciudad de Ani no era una hermosa mujer de cabellos sueltos, sino un hombre desdichado, torpe y desconsolado.

Y en la habitación de al lado había luz y calor. Una línea de luz en las hendiduras de la puerta me revelaba un paraíso que me estaba vedado. Mi querido padre leía el diario sentado en un rincón; al lado del fuego, el gato ronroneaba con los ojos medio cerrados y la cola recogida sobre la panza. Mi madre y mis tías charlaban. Por momentos me llegaban sus voces indiferenciadas. ¡Cómo amaba la calidez de esas voces que unidas formaban un coro melodioso! Pero todo eso me estaba prohibido y, si interrumpía mi silencio espantado y gritaba, vendría otra vez la tía Yughaper a mi lado, y cerrando la puerta a sus espaldas me cantaría «La ciudad de Ani lloraba sentada», porque los mayores estaban convencidos de que yo solo me dormía con esa canción, y así, al escucharla, cerraba pronto mis ojos.

Y cuando mi tía Yughaper, moviendo la cabeza de derecha a izquierda en un incesante movimiento nervioso, me convencía para que fuera al dormitorio, protesté desesperadamente. Mi abuela, que estaba en la habitación, intercedió:

—Aún es temprano, hay luz, deja que se quede.

Otra vez volví mi cabeza enferma hacia la ventana de la esquina. El crepúsculo enturbiaba la atmósfera. La nieve, más espesa, caía con más velocidad. Un hombre subía por la pendiente. Con una mano sostenía una estufa parecida a un cubo y bajo el otro brazo llevaba unas herramientas. Era un hombre menudo y encorvado, con las piernas torcidas. Se trataba del hojalatero judío ambulante, que yendo por las calles reparaba delante de las casas los cobres con estaño o fabricaba diferentes platos de hojalata. Era un artesano pobre para clientes pobres.

Mis ojos seguían los andares del hombre, que subía dificultosamente la pendiente. El viento abría como una vela los faldones del abrigo y él no podía recogerlos porque tenía las manos ocupadas. El viento rugía con más fuerza y levantando una polvareda de nieve desde el frío suelo cubrió como la niebla al hombre de las piernas torcidas, mientras de los orificios de la estufa de hojalata comenzaron a salir chispas.

De golpe, los niños de la calle dejaron sus juegos, atacaron al hojalatero y en un abrir y cerrar de ojos vi al hombre derribado por el suelo, sus herramientas tiradas aquí y allá y las brasas de la estufa esparcidas por la nieve. El hombre, sentado entre los destrozos, se lamentaba golpeando sus manos sobre la cabeza y las rodillas mientras los niños se alejaban alborotando y riendo salvajemente hasta desaparecer en las calles aledañas.

La escena me conmovió con un dolor agudo y grité con todas mis fuerzas.

Mi madre, mis tías, mi abuela, acudieron hacia mí, me rodearon y me preguntaron.

Mi corazón infantil se rebelaba con todas sus fuerzas contra ese acto de barbarie. Y entonces, ese hombre, que seguía lamentándose junto a sus herramientas diseminadas y la estufa destruida, era para mí la ciudad de Ani que sentada llora... Bajo el influjo de mis vehementes sentimientos el llanto se precipitó desde mis ojos y finalmente enseñé con mi mano la escena que me había conmocionado.

En ese momento, los que me rodeaban se dieron cuenta de la situación y mi abuela dijo:

—Querida, ¿por qué te alteras de ese modo? Es un judío, un judío.

Y como yo no comprendía el significado de esa palabra, contemplé a los mayores con una mirada desgarradora, suplicando ayuda, y mi abuela explicó:

—Ellos torturaron a Cristo, lo crucificaron. Ahora están expiando ese pecado.

No, no, mi tierno corazón no se alivió con esas palabras y por primera vez el desconocido hojalatero judío despertó en mí el sentimiento angustioso e ineludible de la misericordia.

Tenía diez años cuando un día, recordando este episodio, le pregunté a mi padre, cuya opinión ya constituía una autoridad para mí:

—¿Es verdad que los judíos son malos?

Mi querido padre, dirigiéndome sus luminosos ojos, dijo con calma:

—Hija mía, en este mundo no hay pueblos malos, hay personas malas y personas buenas.

—¿Y los turcos?

—Exactamente lo mismo.

Tenía siete años cuando nos cambiamos de casa. Mi padre había alquilado una más amplia en el mismo barrio, con catorce habitaciones, un extenso jardín con terraplenes y dos patios. El carácter de mi padre no se avenía con una vida regular y modesta. Era demasiado optimista y propenso a concebir todo a lo grande. Sus proyectos, producto de su extraordinariamente rica imaginación, no se correspondían con sus posibilidades materiales. Esta manera de ser de mi padre lo expuso a grandes dificultades, pero él no era un hombre que se diera por vencido.

En esa época su trabajo alcanzaba para vivir con comodidad y había acordado con mis tías que ellas pagaban el alquiler con sus remuneraciones.

En cuanto nos mudamos a la casa nueva, mi padre la hizo amueblar a su gusto y comenzamos a vivir una vida desahogada y feliz. Venían parientes y amigos, se quedaban de visita durante días. Mi padre iba al mercado y encargaba no menos de medio cordero, pescados caros, diferentes frutas y verduras. A pesar de que éramos una familia numerosa, en cuanto la casa se llenaba de abundantes bienes, mi padre consideraba que lo mejor era invitar gente para que los días transcurrieran con alegría.

Mis tías y mi padre trabajaban intensamente durante la semana y los domingos y días festivos despilfarraban lo que tenían y lo que no tenían. Las deudas se alineaban en los comercios y a veces mi padre se veía obligado a pedir dinero con intereses usurarios, para «dorar» un poco la situación.

En esa época íbamos todas las primaveras a Alemdaghi en viaje de recreo. Mi padre alquilaba dos carros cubiertos. Dentro acomodaban camas, almohadas, colchas y detrás ataban grandes cestas llenas de toda clase de comestibles. Luego, grandes y pequeños, con amigos y a veces con vecinos, nos instalábamos en los carros y al anochecer nos poníamos en marcha. Los carros uncidos a bueyes avanzaban resoplando por las calles de Üsküdar. Los hombres iban caminando hasta Posda y allí se nos unían y seguían andando a ambos lados de los carros. Pasábamos la avenida de Tophane Oglu, llegábamos a Sare Khaia[16], de donde salíamos de la ciudad girando por las faldas del Kutchuk Chamledja y entrábamos en el Yalenez Sevli Ovasi[17].

Generalmente elegíamos las noches de luna. Mi hermana pequeña ya hacía rato que se había dormido en el regazo de mi madre, pero yo estaba atenta a mi alrededor con los ojos abiertos de par en par y vivía cada instante con enorme intensidad. Más allá del valle, se veían las ondulaciones de los montes Ghayish. Bajo la luz de la luna, el valle se extendía delante de nosotros con centelleos de nácar. Nos acompañaban infaliblemente cantantes y músicos, que sumaban sus canciones tristes y apasionadas al chirrido de los carros y a los sonidos de los cencerros colgados de los cuellos de los bueyes. Al escuchar los cantos llorosos de esa gente, me parecía que expresaban un sufrimiento personal, especialmente cuando a menudo interrumpían su canto y clamaban:

—*¡Aman!, ¡aman!*[18]

Cuando mi tío Dikran nos acompañaba, le rogaban que cantara y él cantaba sus poemas, a veces improvisando, ins-

---

[16] 'La roca amarilla', en turco.
[17] 'El valle del ciprés solitario', en turco.
[18] Interjección que expresa dolor. En turco en el original.

pirándose en el sitio o en la situación. Pero yo esperaba impaciente el momento en que le pedirían a mi tía Yeranig que cantara el *Memo*. Los *Memo* eran composiciones populares de tema pastoril de múltiples variantes. Cada cual tenía su propio *Memo*. Mi tía Yeranig interpretaba un *Memo* personal. Ella rehusaba empezar, se hacía rogar, se negaba. Entonces, desde los dos carros, los hombres y las mujeres decían al unísono:

> *En las montañas de enfrente se murió una oveja,*
> *¡Aman Memo!, ¡querido Memo!, ¡pobre Memo!, ¡hey!*[19]

En cuanto la tía Yeranig mezclaba su voz al canto de todos, poco a poco comenzaban a callar y mi tía continuaba por su cuenta su *Memo* particular hasta el final.

Ese canto afectaba profundamente a todos. La gente se sumía en un silencioso recogimiento y de súbito comenzaban a suspirar de uno en uno dando rienda suelta a sus emociones internas.

Y los carros, adornados con ramas verdes, avanzaban lentamente y chirriando por el Yalenez Sevli Ovasi. Este era el camino por el cual mis abuelos habían guiado sus caravanas. Mi tío Dikran lo recordaba y clamaba: «¡Ay, Shirin!, ¡ay, Farhad!».

La botella de aguardiente pasaba de mano en mano y los hombres bebían para olvidar los males del presente.

A veces, los campesinos que venían caminando en dirección contraria llevando a la ciudad productos lácteos cargados en caballos o burros, al pasar junto a los carros se detenían y saludaban:

—¡Salud!

---

[19] En turco en el original.

—¡Buena suerte! —les respondían.

Contra mis deseos de aguantarme despierta, en cuanto ponía la cabeza en la almohada me dormía y no abría los ojos hasta el alba.

Delante de nosotros se espesaban los bosques de Alemdaghi. Los carros avanzaban lentamente y se detenían a la entrada del bosque, en el sitio llamado Joru Bache. Bajábamos de los carros y desayunábamos. Mi padre cortaba en rodajas la carne frita y nos la repartía generosamente. Hacía sacar de las cestas diversas clases de postres y era para él motivo de gozo y felicidad que todos quedaran saciados, satisfechos y felices.

El bosque, con su fresco y denso aroma, con sus oscuras bóvedas y sus infinitos rumores, con sus escarabajos y misterios y su vida salvaje me seducía y cautivaba. Quería perderme por sus senderos, y cuanto más me prevenían contándome terribles historias sobre serpientes y lobos, mayor era la atracción que el bosque ejercía sobre mí. Tenía miedo, y me gustaba tener miedo y me entregaba gozosa a ese estremecimiento, que no sé si se debía a la temperatura fresca del bosque o a un terror indefinido.

Antes de que el sol se elevara volvíamos a los carros y por caminos que los carreteros conocían nos internábamos en el bosque.

Normalmente el primer día lo pasábamos en Tashdelen, asábamos un cordero y, después de pasar la noche al aire libre sobre las esteras, íbamos a Elmale, de donde volvíamos a Üsküdar.

En una ocasión se unieron en nuestro viaje dos jovencitos de trece o catorce años, alumnos de la Escuela Berberian. Eran Teotig Labdjidjian y Diran Chrakian. En Tashdelen, recostados en las esteras extendidas en el suelo, recitaron poemas de Beshigtashlian y Turian. Yo los escuchaba con una curiosidad insaciable y determinadas frases, o a veces palabras, me producían una emoción infinita. Mi padre les hizo repetir dos veces el poema *Somos hermanos* de Beshigtashlian y luego habló con esos jóvenes sobre el significado de la poesía y las persecuciones que el Patriarcado armenio llevó a cabo contra los armenios católicos. En esa época yo no entendía demasiado lo que decía, pero recuerdo que la severa crítica de mi padre respecto de «las cabezas negras» [20] me inspiró una especie de orgullo por el sentido de la equidad de mi padre.

Cada primavera, a lo largo de una buena decena de años, hicimos este viaje. Año tras año, la situación económica de mi padre fue empeorando. Los días difíciles aumentaban, mientras los desahogados se hicieron raros. No podíamos pagar el alquiler de casa, pero mi padre contraía nuevas deudas, invitaba a conocidos y desconocidos e íbamos a Alemdaghi.

---

[20] Alude a la capucha negra en punta de los obispos armenios, en referencia a la intransigencia de la Iglesia Apostólica Armenia de la época en relación a los armenios pertenecientes a la Iglesia católica o a otras iglesias cristianas.

LA ADICCIÓN Y EL *LODOS*

El dueño de casa era un fabricante de pastas levantino al que en casa llamaban con desprecio «Tatle su Frengui»[21]. Era muy exigente con la puntualidad en el cobro del alquiler, lo cual constituía, cada inicio de mes, un motivo de preocupación en casa. Mis tías trabajaban día y noche, pero la mayor parte de sus ganancias se destinaba a los patrones o a pagar los intereses del dinero que les habían dejado los prestamistas.

En esos días, en el taller de mis tías estallaba el enojo, el disgusto e incluso a veces la rebelión. Dudu, que no intervenía con palabras en estas cuestiones, daba a entender en silencio su actitud crítica y su profundo desdén.

A veces, mis tías echaban las culpas de la situación a mi padre, estando él ausente. Otras, toda su ira recaía en el patrón, que en ese momento era el calvo Boghos. Era un hombre feo, calvo y con la nariz rota, que de simple obrero había progresado hasta llegar a patrón. Era avaro y estafaba en las cuentas. No dejaba escapar ocasión de recriminar a mis tías, y especialmente a mi padre, por su tendencia al despilfarro, y se ponía a sí mismo como ejemplo de persona ahorrativa y que sabe lo que hace. «¿Por qué dilapidaban el dinero cuando lo había para luego quedarse sin blanca? ¿Dónde se ha visto una familia semejante? Vais a ser ejemplo para el mundo… Un hombre debe estirar las piernas de acuerdo con su edredón». Sus observaciones envenenaban aún más la si-

---

[21] 'Francés de agua dulce', o sea, aquel que pretende pasar por europeo pero que pertenece a la Iglesia Católica Oriental. En turco en el original.

tuación y, a veces, olvidadas deuda y deudor, mi tía Makrig acometía con sus diatribas al calvo Boghos. Herida en su honor, sacaba a relucir del arsenal familiar lucidos insultos, implacables calificativos. Injuriaba a ese patético hombrecito que osaba dar lecciones de frugalidad a las hijas de Shirin. Mi tía Makrig iba echando espuma, se le encendía el rostro, saltaban chispas de sus ojos. Con un ademán de la mano impedía que sus hermanas intervinieran, quienes seguían la ofensiva con reprimida satisfacción. Makrig sacaba a relucir al padre y al abuelo del calvo Boghos, las miserables y rastreras bajezas de toda su estirpe en pos de un mendrugo de pan, su horrible avaricia, sus engaños estafando a sus obreras analfabetas con dinero falso o corrupto, incluso su comportamiento inmisericorde respecto de su mujer enferma y demás ignominias que lo acababan sumiendo en un estado de abatimiento y desesperación. Temblando como si estuviera a las puertas de la muerte, se secaba el sudor de la mejilla derecha —solo sudaba una mitad de su rostro—. Finalmente dejaba sobre el telar el anticipo exigido por mis tías, se arrastraba fuera de la habitación y bajaba las escaleras a tientas como un ciego.

Este tipo de escenas repugnaban a mi madre, que se entristecía profundamente y sufría en silencio. Su bello rostro parecía nublarse y su mirada se volvía errática.

Por la noche, cuando se quedaba a solas con mi padre y pensaba que yo estaba dormida, le enumeraba a mi padre los sucesos del día con voz dulce y temblorosa: los acreedores, obstinados, habían alzado la voz delante de la puerta, no se habían podido hacer las compras imprescindibles, había habido una pelea con el calvo Boghos, no se había podido agasajar a una visita como es debido ni responder a los acreedores de la mañana e innumerables preocupaciones más. Mi madre suplicaba que se pusiera punto final a la vida desordenada que llevaban, basada en deudas. Primero mi padre se mostraba de acuerdo y le daba la razón a su mujer. Mi madre proponía mudarnos a una casa con un alquiler más económico, reducir gastos, poner orden en nuestra economía.

—Yo también trabajaré —decía—, no nos endeudemos más, te lo ruego; paguemos poco a poco las deudas viejas, nos apretamos un poco el cinturón, nos las quitamos de encima, y luego vivimos tranquilamente. Lo que nos come son los intereses usurarios, porque lo que ganamos es suficiente, Mgrdich aga —decía con hondo dolor—. Con la mitad de dinero que entra en esta casa los demás viven como reyes, ¿por qué nosotros tenemos que vivir así?

Mi padre convencía a su mujer con palabras tranquilizadoras. Tenía proyectos, las dificultades de hoy no tenían importancia.

—Aghavnitsa, al final todo va a salir bien.

Mi madre lloraba en silencio y finalmente invocaba por última vez a la sensatez de mi padre.

—Los chicos están creciendo, ten compasión de ellos, ya que no la tienes por mí.

Pero mi padre sacaba a colación otra vez sus proyectos, sus sueños de futuro, y mi madre, ya sin fuerzas, suspiraba profundamente y callaba.

A mí también me afectaban estas tormentas internas y, aunque no era capaz de captar las causas que habían dado lugar a esa situación, esperaba acongojada que los problemas se solucionaran para que las caras de todos rieran y sintiera a mi alrededor satisfacción y alegría.

Desde los primeros años de mi niñez he aborrecido las caras tristes y odiado los rostros agriados. Cuando mis ojos se topaban con una expresión contrariada, desfallecía y todo se hundía en la oscuridad. Mi corazón se oprimía como si estuviera a punto de estallar y escudriñaba con la mirada fija hasta que por alguna razón se reflejaba una sonrisa en los rostros entristecidos de los que me rodeaban.

Pero esa tristeza odiosa no se manifestaba solo por mil razones, sino que dominaba de manera permanente cada mañana en casa.

Excepto mi padre, que siempre estaba bien dispuesto a todas horas, incluso cuando estaba oprimido por graves preocupaciones, todos los de la casa eran adictos al café. Era un vicio tal que se manifestaba inexorablemente cada mañana no solo en casa, sino también en todas las casas en las que había personas de edad. Mi abuela, mis tías y tíos se levantaban por la mañana temprano y, con rostros ceñudos y enojosos, parecían acongojados y hundidos en una imbatible tristeza. En silencio y cejijuntos, tomaban su primer café, sin azúcar y sin comer nada. Si alguien se dirigía a ellos en ese momento, el enfado llegaba a grados extremos. Era después del segundo café amargo, cuando, siempre con rostros ceñudos, y solamente mis tías, intercambiaban algunas sílabas.

Mis tíos se deslizaban fuera de casa como si estuvieran irritados, y mi abuela tomaba su tercer café, esta vez dulce y con un trozo de pan, a continuación de lo cual se vestía, cubría su cabeza con un chal negro e iba a la iglesia, en donde sus labios mudos se abrían por primera vez para rezar delante del altar.

Durante las ceremonias del café, con la respiración contenida, con mis ojos que pasaban de un rostro a otro, padecía con toda mi alma hasta que aparecía el rostro sonriente de mi padre, que me parecía un sol naciente. Entonces empezaba a parlotear con entusiasmo, revolotear en la habitación y con todo ello parecía que disipaba un espíritu maléfico que nos oprimía arrodillado sobre nuestras almas.

Mi querido padre no tenía la costumbre de tomar café por la mañana. Él empezaba a prepararse el té. Mientras esperaba a que el agua hirviera, preparaba con cuidado trozos idénticos de azúcar y contestaba pacientemente todas mis preguntas, al mismo tiempo que mis tías se quejaban en vano diciendo «cómo hablaba tanto desde buena mañana».

Pero una vez que los sucesivos cafés surtían efecto, su adicción se disipaba y en casa se iniciaba la vida normal.

Pero si soplaba el *lodos*, esa actitud negativa se prolongaba a lo largo del día. Durante mucho tiempo no pude entender cómo el lado por donde sopla el viento puede influir en el ánimo de la gente de manera tan profunda. Cuando unos a otros se decían con voz descontenta «hoy hay *lodos*», se cerraban para mí todas las puertas de la esperanza, la casa se tornaba ajena e inhóspita, los rostros amados y familiares se volvían extraños y desconocidos y ya no sabía en qué rincón de mi interior podía resguardarme para encontrar consuelo dentro de mí frente a las difíciles horas por venir.

Y así era en todas las casas, especialmente para los niños.

EL TÍO[22] ARTIN

Fue en esa casa, que quedó en la memoria familiar como la casa del fabricante de pastas, donde mis impresiones infantiles se fueron transformando paulatinamente en sentimientos y a veces en opiniones. Mi tío Dikran nos visitaba con frecuencia en solitario. Su esposa, Makruhi, a la que llamábamos «la pequeña novia», era una mujer dócil y sumisa, trabajadora infatigable. Trabajaba con el *yazma* y toleraba con una enorme paciencia las borracheras y la insufrible tiranía del marido. Aunque lo unían a nosotros tiernos sentimientos, despreciaba a su mujer y a su familia no por ser pobres sino porque, según él decía, no tenían carácter ni temperamento propio y además eran ahorrativos. «La pequeña novia», juntando céntimo sobre céntimo, anhelaba comprar una casa, ser propietaria aunque fuera de una cabaña. Excepto los extremadamente pobres, entre los originarios de Üsküdar, como la familia de mi madre, prácticamente no había nadie que no tuviera casa propia. Pero los nuestros habían aprendido, de generación en generación, a gastar no solo todos los bienes, sino también a despilfarrar las propias ganancias. No solo el abuelo y el hermano de mi madre, sino también sus tíos paternos, los *amudjas*, eran personas intrépidas, que se enzarzaban en toda clase de negocios y se exponían a situaciones peligrosas.

Yo conocí personalmente a uno de esos tíos paternos de mi madre, tío Artin. Era carretero y había tenido un par

---

[22] *Amudja*. Término que se refiere al tío paterno. En turco en el original.

de bueyes que le rendían beneficios. Durante largo tiempo había tenido bajo sus órdenes a los carreteros de Üsküdar. Vociferante y pendenciero, se prestaba a toda clase de aventuras. No hubo ningún movimiento social o comunitario de su época en el que no hubiera participado. En su juventud tuvo lugar la pelea en el cementerio armenio por el entierro de un protestante.

En esa época el protestantismo empezaba a entrar entre la comunidad armenia de Constantinopla. Aún era posible contar con los dedos de una mano los armenios que se habían hecho protestantes. El Patriarcado había emprendido una lucha inexorable contra ellos y tío Artin era de los que de entrada perseguían por todos los medios a los protestantes[23]. Por esos días falleció un protestante e inmediatamente se presentó el problema de dónde enterrar al muerto. Los armenios protestantes aún no estaban reconocidos por el Gobierno como una comunidad individual, y consecuentemente no podían tener un cementerio propio. El Patriarcado de la Iglesia armenia no solo negó el permiso para enterrar el cadáver protestante en «tierra santa», sino que además mandó poner vigilancia alrededor del cementerio armenio, de modo que no se pudiera llevar a cabo el entierro clandestinamente.

Pasaron los días y el difunto protestante seguía insepulto en su casa. Los vecinos y el barrio entero se lanzaron contra los dueños del finado y los obligaron a retirar el cadáver. Entonces, desesperados, no sé con qué medios, probablemente sobornando a los vigilantes, enterraron al difunto en una parte del cementerio armenio que llamaban «la zona de invitados», y donde en general se daba sepultura a personas

---

[23] Término despectivo utilizado por los fieles de la Iglesia Apostólica Armenia para referirse a los armenios protestantes.

de paso, o a expatriados y a niños que habían fallecido sin estar bautizados. En esa época, el cementerio armenio de Üsküdar no estaba rodeado por una muralla y la «zona de invitados» se extendía hacia los territorios despoblados. Cuando el Patriarcado se enteró de que habían enterrado al protestante, ordenó que retiraran el cuerpo y lo expulsaran del cementerio. Esta orden cruel despertó finalmente a los vecinos, que se dividieron en dos grupos: por un lado, los que estaban de acuerdo con la decisión del Patriarcado, y por otro, los artesanos, que consideraban intolerables semejantes comportamientos bárbaros. El tío Artin, que había perseguido a los *protestantes*, se unió sin embargo a los artesanos y se dirigió al cementerio junto a los vecinos declarados en rebeldía para prohibir que se llevara a cabo la decisión del Patriarcado. Cuando los alguaciles del Patriarcado, junto con los vecinos adictos y la policía gubernamental, llegaron al sitio, se encontraron con las posiciones ocupadas por los artesanos, a los que insultaban llamándolos la escoria de la sociedad.

Se desató una violenta batalla entre los dos bandos adversarios y el tío Artin hirió a un policía durante la pelea, lo que le valió tres años en la cárcel. El tío Artin no solo no consideró empañada su imagen a causa de su encarcelamiento, sino que recordaba con jactancia esa circunstancia. Comparándose asimismo con cualquier otro ciudadano, decía con desdén:

—No soy un niñato como aquel, he estado tres años en la cárcel.

Esa cárcel fue su universidad. Según sus palabras, había aprendido allí el sentido de la vida y decidido qué era lo bueno y qué lo malo. A veces contaba sorprendentes anécdotas sobre la vida carcelaria de asesinos condenados y, aludiendo a un homicida, decía sin titubear:

—Hasan era un hombre noble y apacible…

Naturalmente, los valores éticos que adoptó en la cárcel no se correspondían con los valores al uso de la comunidad, por lo cual el tío Artin despreciaba las normas establecidas. Solo mi tía Yeranig captaba la esencia interna del *amudja* y se erigía siempre en su defensor. Mi abuela odiaba a su cuñado e incluso mirarlo le producía disgusto. A veces, cuando abatido por una enfermedad o por desamparo venía a quedarse en casa, la preocupación se apoderaba de todos. Sin aviso previo, como quien vuelve a casa a la noche, el tío Artin llamaba a nuestra puerta trayendo una libra de higos o de otra fruta de temporada envuelta en un pañuelo rojo. Una vez dentro, se sentaba en el sofá del patio, se quitaba los zapatos, alargaba el pañuelo rojo con los frutos a una de mis tías y exigía casi de inmediato:

—Enviad a alguien a comprar carne fresca, pero de cordero, que yo no puedo comer otra clase y preparad el *jashlama*[24] en el fuego.

Mis tías buscaban la manera de que se fuera para alejar semejante peligro de casa, pero mi tía Yeranig lo defendía:

—Es mi tío paterno, decía. Si vosotras no lo queréis, lo llevo a mi habitación y me ocupo de él.

Afortunadamente, el tío Artin se aburría con la tranquila vida familiar. Después de algunos días, en los que daba órdenes, exigía, amenazaba y terminaba peleándose con todos, incluso con mi madre, se iba de casa manifestando sus quejas y sin saludar siquiera.

Mi tía Yeranig contaba que el tío Artin había ganado mucho dinero, aunque lo había derrochado. Incluso había tenido campos detrás de Kutchuk Chamledja, donde se había retirado y cultivaba la tierra, defendiendo él solo su pro-

---

[24] Especie de cocido o estofado de carne.

piedad de los vagabundos y de toda clase de bandidos que por esos tiempos eran el flagelo de los indefensos poblados turcos de esa zona.

Un buen día, el tío Artin vendió sus tierras y dilapidó el dinero con «malas» mujeres. Una de ellas, a la que llamaban Mahallebi Pupul, le había permanecido fiel. En su vejez, el tío Artin, cuando ya no tenía nada, pero en cambio sí una grave enfermedad en la vejiga, que requería constantes cuidados, había encontrado refugio en la casa de Mahallebi Pulpul, que lo cuidó con lealtad y abnegación, soportando en silencio sus tiránicos caprichos.

Durante mi niñez él aún era un hombre dueño de su fuerza y vigor. Lo recuerdo con su rostro moreno y arrugado por el sol, sus ojos centelleantes, sus cejas y bigote espesos. Nunca había querido vestirse a la europea porque, según decía, era un hombre, no un mono. Llevaba unos *shalvar* [25] de paño, de un color claro, ajustados en las piernas. Durante el invierno, vestía un abrigo corto de piel sobre una camisa de seda de Brusa, de mangas anchas, y también un ancho cinturón rojo, en cuyos pliegues llevaba encajado el puñal. Alrededor del fez llevaba un *yazma* rojo, cuyo uso distinguía a los musulmanes anatolios de los cristianos. Demasiado preocupado por la limpieza, cuando llegaba a casa y se sentaba en el sofá del patio, ordenaba inmediatamente:

—¡Traedme agua, pero mirad que la jarra esté limpia!

En casa, que tenían un cuidado meticuloso con la limpieza de los recipientes y vasos de agua, se enfurecían intensamente con estas recomendaciones del tío Artin.

Pero a él le traía sin cuidado la ira de las mujeres, a las que consideraba seres sin importancia.

---

[25] Pantalones anchos que se usaban en el Imperio otomano en la época en que transcurre la novela.

No solo le gustaba dar órdenes en casa, también fuera. Mientras caminaba por la calle, cuando no tenía ocasión de entrometerse en una disputa, perseguía a los perros o criticaba a las asustadas mujeres por tener delante de sus portales cáscaras de fruta o cualquier otra cosa. ¿Y quién se atrevía a llevarle la contraria? Las mujeres obedecían sin chistar, incluso los hombres se retiraban al interior de sus casas con tal de no embarcarse en una discusión.

Yo había empezado a estudiar *La cigarra y la hormiga*, una de las fábulas de La Fontaine. Recitaba en voz alta todo el día, corriendo escaleras arriba y abajo —eran días lluviosos y creo que soplaba el *lodos*—. El tío Artin, sentado en un rincón del sofá, el cigarro en una mano, la otra acariciando el ancho mango de su bastón, rugía:

—Ya basta, la cigarra, la hormiga, la hormiga, la cigarra… —Y acompañaba estas palabras con terribles insultos en turco.

Yo callaba un rato, pero luego volvía a comenzar.

El tío Artin hacía el ademán de levantarse y atacarme con su bastón, pero hay que suponer que no se atrevería a cumplir con su amenaza. Se dirigía de modo conminatorio a mi madre y a mis tías diciendo:

—¡Que la cría se calle! ¿Así la educáis? Ay, vaya flagelo que será algún día, pero Dios sabe lo que hace, y el flagelo se frenará por haber nacido mujer… —Y vuelta a la andanada de insultos.

Al anochecer, mientras mi padre se preparaba el té con su calma habitual y yo iba dando vueltas cerca de él, me pidió que recitara lo que había aprendido de la fábula *La cigarra y la hormiga*. Se lo recité de cabo a rabo, con maliciosa satisfacción y enfatizando la moraleja.

De repente, el tío Artin salió de su entumecimiento, irguió la cabeza, escuchó con detenimiento y se enfureció.

Había percibido una alusión personal en la fábula, de lo que luego se quejó a mis tíos y toda la rabia contenida durante el día estalló. Se levantó, salió precipitadamente fuera de la habitación y comenzó a soltar injurias e insultos inauditos contra el autor de la fábula, contra el que la mandó estudiar y contra la que lo estudiaba.

Al poco rato, la puerta de casa se cerró con una enorme sacudida, las ventanas vibraron y mis tías estaban a punto de expresar su dura opinión cuando mi padre les hizo una señal con la mano para que callaran. Y sonrió con indulgencia.

OJALÁ HUBIERA SIDO UN VARÓN

A los ocho o nueve años aún era anémica y necesitada de constantes cuidados, pero la sucesión de enfermedades ya se había detenido. La vida parecía que había vuelto a mí y se había afirmado en mi interior, y su vigor me empujaba a un continuo estado de inquietud.

El amplio jardín de casa era mi principal escenario. Trepaba hasta la copa de los árboles, me arrastraba por las paredes, saltaba a los jardines vecinos e iba a jugar con los chicos de mi edad. No me gustaban las chicas. Me hartaba cuando lloraban y se quejaban a sus madres si en el fragor del juego se caían o recibían un golpe. Había comprobado que las chicas eran embusteras, arteras y vanidosas, mientras que los niños participaban en los juegos con honestidad, aceptando de antemano sus riesgos. El juego que más nos gustaba y al que jugábamos con más entusiasmo era el de esquivar piedras, que los mayores nos tenían prohibido por su peligrosidad. Cuántas veces con un lanzamiento desafortunado nos habremos abierto la cabeza o lastimado. La sangre roja fluía con abundancia, pero nosotros nos envolvíamos la herida con un pañuelo sin chistar y seguíamos jugando.

Al anochecer, antes de que regresara mi padre, entraba a casa cansada, agotada, a menudo con la ropa destrozada. Mi madre lloraba preocupada y ¡qué terribles augurios oía sobre mi futuro! Sin embargo, hay que pensar que esos «ejercicios» resultaron beneficiosos para mi salud, que se fue fortificando, me volvió ágil y hábil y desarrollaron mi fuerza muscular.

Lo que recuerdo de mí misma en esa época es que el impulso de fuerzas irrefrenables había instalado el caos en mi interior y mi conducta resultaba contradictoria e inexplicable debido a mi carácter espontáneo.

Recuerdo que tenía compasión y amor por los animales, pero era despiadada con los seres humanos. Parecía que estuviera rodeada por enemigos y que no podía buscar refugio en nadie. Me había comprometido a no quejarme nunca a los mayores, a los que consideraba mis oponentes y contra quienes los niños estaban obligados a luchar con medios manifiestos o secretos.

Despreciaba a los chicos débiles y mis compañeros de juego eran aquellos a los que consideraba dignos de mí, y estaba unida a ellos por un sentimiento de solidaridad que nunca traicioné, a pesar de haber sufrido, en ocasiones, injustos castigos y privaciones y, lo que era peor para mí, la mirada reprobatoria de mi padre. Porque para mí él era la excepción entre los mayores. Solo por él sentía amor y respeto. También quería a mi tía Yughaper y a mi tío Dikran, pero no era un amor incondicional. Incluso la tía Yeranig me resultaba interesante y me fascinaba. En esos años, mi madre estaba como entre nieblas para mí. Fue mucho más tarde cuando la descubrí y amé.

Aún guardábamos en el altillo los efectos personales y los fajos de papeles de mi tío Dikran. Él subía a veces a la habitación y permanecía allí largas horas. En una ocasión, yo me hallaba a su lado mientras él ordenaba sus papeles. De pronto, una enorme rollo llamó su atención. Lo desplegó y me enseñó una imagen sorprendente.

Me dijo que los hombres que portaban yataganes eran jenízaros y los que rogaban de rodillas, búlgaros. Me explicó que el sultán del momento había ordenado masacrar a los búlgaros porque estos se habían rebelado contra la tiranía del sultán.

—Los sultanes son tiranos por oficio —dijo.

—¿Y el sultán Aziz? —pregunté.

Con frecuencia había oído alabanzas sobre el sultán Aziz, a quien llamaban «el querido sultán». Eran muchos los que lamentaban su trágica muerte. Mi abuela decía que en su época primaban la abundancia y el esplendor.

—Solía ir a Alemdagh y gastaba el oro a puñados.

Una vez había hecho incendiar uno de sus palacios para iluminar su paso. Mi tío Nahabet, que rara vez nos visitaba —y si lo hacía era para quejarse de su mujer—, rememoraba el pasado para olvidar sus penas y hablaba del sultán Aziz. Era un *padishá* [26] corrupto y vicioso, era verdad, pero el pueblo se beneficiaba de su corrupción. De Tophane Oglu hasta Chamledja había hecho construir palacios y residencias para poder detenerse un momento y tomar algo siempre que le apeteciera. Esas residencias están ahora semiderruidas, con los cristales rotos, pero en su época habían sido magníficas mansiones dedicadas a satisfacer los caprichos y fiestas de los sultanes. La ancha avenida de Baghlar Bashi se había construido en una semana, porque para ir de Haydar Pasha hacia la orilla asiática el sultán debía pasar por allí con su séquito.

—¿Quién se beneficiaba? —preguntaba el tío Nahabet, lanzando una mirada inquisitiva a su alrededor—. Gracias al sultán el pueblo ganaba dinero. Su diversión era ganancia para nosotros.

Contaban que la muerte del sultán Aziz había causado dolor en el pueblo y se habían creado muchos poemas épicos que el pueblo cantaba a escondidas hasta mi niñez. Mi tía Yughaper a veces cantaba uno de esos poemas, moviendo

---

[26] Término de origen persa, adoptado como título imperial por los sultanes otomanos.

la cabeza sin cesar. Era la elegía preferido de la favorita del sultán.

Me hicieron bajar del trono,
me pusieron cuatro pares de veloces remos,
me llevaron al palacio de Topkapi.
Ay, sultán, querido sultán,
todo el pueblo llora sangre.

Habiendo oído todo esto, estaba convencida de que mi tío Dikran hablaría apenado sobre el sultán, que había sido encontrado exangüe en su bañera, las muñecas abiertas por un filoso cuchillo y del que habían dicho que se había suicidado. Pero alzó las cejas sobre la frente y dijo enfurecido:

—El sultán Aziz era el más despreciable de los déspotas.

Esta afirmación me conmocionó. A decir verdad, las atrocidades representadas en la imagen no me produjeron una impresión profunda, porque no comprendí su alcance. Aún no se habían producido las masacres armenias, o al menos yo no había oído nada al respecto, y lo que les había sucedido a los búlgaros me parecía lejano, irreal, como un mal sueño. Pero sí entendí que los sultanes eran los grandes entre los grandes y que obraban injustamente, y que esa era su vocación en este mundo…, y sentí que el tío Dikran estaba en contra de esos grandes entre los grandes y que sería feliz si ellos eran castigados.

—Entonces —dije, buscando con mis ojos su mirada—, ¿las víctimas del sultán Aziz eran personas de bien?

—De ninguna manera —clamó él enfadado. Luego me habló de un circasiano, que con un grupo de partidarios había querido matar al sultán Hamid para vengar el asesinato a traición de Midhad Pasha, que quería establecer orden en el país y limitar mediante leyes la tiranía. Ese circasiano no había tenido éxito porque sus seguidores lo habían delatado en el último momento, y fue arrestado y decapitado. Y de súbito tío Dikran clamó:

—Tú aún eres pequeña, no tienes edad para entender estas cosas.

Elevó aún más las cejas sobre la frente y dijo para sí:

—Y qué es lo que estoy haciendo, hablándole de estas cosas a la cría.

Pero tío Dikran había puesto una semilla en mi mente. A partir de ese momento, oía siempre con disgusto las palabras de gratitud al sultán con ocasión de su cumpleaños o en el aniversario de su ascensión al trono, así como las plegarias deseándole una larga vida. Afortunadamente, en casa nadie sentía la obligación de expresar sentimientos de «súbdito fiel»; mi familia era neutral en relación a esas cuestiones e incluso expresaba disgusto respecto de las que participaban en las celebraciones ciudadanas en su honor iluminando con faroles la fachada de sus casas.

Además del odio por los sultanes tiránicos, el episodio del circasiano creó en mi mente muchas historias que surgían de ese incidente, pero que se iban transformando gradualmente en mi imaginación. Cada noche, cuando ponía mi cabeza en la almohada, cerraba los ojos, aunque permanecía despierta durante largo rato y me contaba historias. Veía al circasiano, alto, bello, de ojos azules, mientras subía por las escaleras del palacio con sus traidores partidarios. Prestaba atención a las voces y rumores no por temor sino por prudencia, para conseguir su objetivo.

Era valiente e intrépido, y no temía la muerte… Era una especie de combinación entre el tío Artin y mi padre. Tampoco él temía a la muerte. ¡Cuántas veces lo había oído! Quizás había sido solo una vez, pero esas palabras se habían multiplicado en mi mente, habían echado raíces en mí. Tampoco yo temía a la muerte… y ese pensamiento, que quería afirmar yo misma en mi mente, me sumergía en un doloroso goce.

Paulatinamente, era yo el circasiano en las historias que inventaba… Mis seguidores eran los chicos que pensaba que eran, o podían ser delatores. Subía las escaleras del palacio con ellos… (siempre había una escalera en esas historias). A lo largo del tiempo, estos anhelos de sacrificio se alimentaron de otras fuentes y siguieron diferentes direcciones.

Mi padre padecía una enfermedad hepática que a veces le provocaba terribles cólicos. Esos dolores surgían de improviso y volvía a casa y se acostaba. Según el médico, esos dolores eran insufribles, pero mi padre intentaba superarlos con su fuerza de voluntad.

A veces, a pesar suyo, llegaba un mugido, como un sordo clamor, a las plantas inferiores, donde nos habían ubicado a las dos niñas para que no hiciéramos ruido en la casa. La resistencia de mi padre al dolor, que sonreía y bromeaba con mi madre para darle ánimos, según contaban mis tías con asombro, provocó una profunda impresión en mí. Y cuando dos o tres días después mi padre se levantó de la cama, aún demacrado pero firme sobre sus piernas, lo consideré un héroe que había vencido a un monstruo invisible. Soñaba que también yo sería como él y vencería a todos los monstruos, o al menos tendría la ocasión de hacerlo, y todas las cosas se me presentaban bajo la imagen de un monstruo.

Eran monstruos las enfermedades; la pobreza, sobre la que ya se hablaba, era un monstruo terrible, y los tiranos eran monstruos insoportables, seres legendarios a los que había que coger por los cuernos y domarlos…

Ojalá fuera un chico, ojalá fuera circasiano, un bandido, un contrabandista, un ladrón que se refugiaba en los montes…, luchara por la justicia y muriera satisfecho por ello.

EL TÍO JACHIG

Sumida en la más profunda nebulosa de mis recuerdos infantiles, encuentro el rostro moreno y viril de mi tío Jachig. Esta evocación visual se debe a que seguramente era uno de los rostros sonrientes y familiares inclinados sobre mi cuna. Teniendo yo apenas seis o siete años, él me parecía el ejemplar más perfecto de la raza humana. Ciertamente, entonces era un hombre muy bien parecido, alto y ancho de espaldas, con grandes ojos negros y cejas arqueadas, una más alta que la otra, lo cual confería a su rostro una expresión a la vez de asombro y de enfado.

Vivía lejos de nuestra casa, en Pera, donde era herrero y tenía su propio taller.

En casa el nombre del tío Jachig se mencionaba con una mezcla de emoción y enojo. Lo adoraban como si fuera un ídolo y al mismo tiempo le lanzaban veladas incriminaciones. Era obvio que había pasado algo grave, pero, fuera lo que fuese, era irremediable.

Cuando Dudu estaba sentada en un rincón del sofá y lanzaba su mirada despreciativa sobre sus hijas, nadie se atrevía a decir algo sobre su hijo preferido. Pero en cuanto se ausentaba, mis tías empezaban a hablar. Suspiros y miradas se respondían mutuamente. A veces todas estaban de acuerdo, otras, se formaban grupos antagónicos, y la conversación acababa en llanto, regado con abundantes lágrimas.

A su vez, Dudu no perdonaba el suceso irremediable. Al contrario, soportaba una tristeza sempiterna sobre su delicado rostro surcado de arrugas, que se había emblanquecido como si fuera una reliquia. Su orgullo maternal había sido herido de tal manera que prefería no hablar antes que proferir queja alguna sobre el comportamiento de su hijo.

Lo que había ocurrido fue para mí un secreto durante largo tiempo. Pero un día oí que el tío Jachig se había casado por amor con una muchacha griega.

Jachig era el más amado de los numerosos hijos de Dudu. Ni las hijas ni los hijos se rebelaban contra esta preferencia de su madre. Él, por así decirlo, había sido el que había prosperado más entre los hijos de mi abuela. No solo era un hombre bien parecido, sino que también ganaba dinero en abundancia y lo gastaba a manos llenas para deleite propio y ajeno. Todas sus acciones inspiraban una sorda admiración e inquietud. Todo el vecindario se interesaba por su presencia en las contadas ocasiones en que visitaba a su madre. Solía venir un sábado por la noche y pasaba el domingo en casa. Ese día, los vendedores de *halvá* y helados se demoraban en nuestra calle, los que ofrecían pescados raros o frutas se acercaban desde el mercado, se detenían ante nuestra puerta y ensalzaban sus productos con renovados argumentos.

La vida entraba en casa como un sol. Se abrían las puertas del patio y del jardín, las cortinas se hinchaban y restallaban como velas. Los vecinos, envalentonados, entraban y salían de casa, mis tías se vestían y se engalanaban y parecían dotarse de un cierto halo de independencia. Pero lo más asombroso y extraordinario era que en el rostro triste y arrugado de mi abuela se vislumbraba una sonrisa. Era una sonrisa temblorosa, llena de emoción y cariño, y elevaba su mirada hacia su hijo con orgullo y admiración. Mis tías se afanaban en la cocina, donde se oían sus sonoras risas mezcladas con el sonido de sus zuecos y mi padre plegaba su sempiterno periódico, que normalmente tenía abierto delante de su rostro como una cortina, y charlaba con el tío Jachig. Y las criaturas, entregadas a una alegría enloquecida, manoseábamos sus bolsillos, llenos de dulces, pistachos y toda clase de frutos secos.

La mujer de Jachig no puso sus pies en la casa hasta la muerte de Dudu. Más tarde supimos que la mayor ambición de esa mujer griega había sido hacer las paces con su suegra. Pero Dudu no solo se mantuvo irreconciliable, sino que nunca permitió que se hablara de esa mujer. Era una especie de ser desterrado, maldito. Con el transcurso de los años, los sentimientos de Dudu no hicieron más que reafirmarse, ya que ese matrimonio de amor resultó estéril y el tío Jachig no tuvo hijos. Poco a poco, sobre su rostro comenzaron a dibujarse arrugas y su expresión también se agrió y ensombreció por la tristeza. Quizás atribuyó la esterilidad de su matrimonio a las maldiciones maternas, pero lo cierto es que su gozosa vitalidad se fue apagando paulatinamente y las visitas a su madre fueron escaseando hasta desaparecer por completo.

En las vigilias de las festividades religiosas, surgía sin embargo la esperanza en el acongojado corazón de Dudu. Sin expresar abiertamente sus expectativas, ordenaba la limpieza integral de la casa. Los pijamas del tío Jachig, blancos como la nieve, colgaban de la cuerda en el jardín, con las mangas hacia abajo. Pobres de nosotros si pasábamos por debajo de los brazos extendidos y húmedos y una hebra de cabello ondeante los rozara, o si sacudíamos la vara que sostenía la cuerda en el entusiasmo agitado y alborotador de nuestros juegos. La habitación que ocuparía mi tío era objeto de especial atención. Incluso se lavaba el techo. La casa entera quedaba húmeda como si fuera una casa de baños y el olor de las maderas mojadas invadía el ambiente. Ya no sabíamos dónde sentarnos, por dónde caminar, cómo vivir. Por la noche, mi padre movía la cabeza en señal de desaprobación y se refugiaba detrás de su periódico abierto en toda su amplitud, del cual leía hasta la última línea a fin de contener su impaciencia.

Durante la cena, las mujeres de la casa gemían exhaustas como si fueran las esclavas del faraón y no tenían apetito. En su interior, cada una sabía que todos los preparativos eran en vano, pero nadie se atrevía a expresarlo. Amargadas por la decepción que tendrían al día siguiente, permanecían silenciosas y pensativas en la habitación, como si estuvieran resentidas por un mutuo sentimiento de rencor. Ni siquiera tenían fuerzas para encender la luz. Quizás no querían mirarse a las caras y se iban a dormir de una en una.

Finalmente, un día Dudu resolvió visitar a su hijo. Esta decisión fue consecuencia de violentas luchas espirituales, noches angustiosas y tormentosas dudas.

Al amanecer de ese día, me desperté y bajé a la habitación donde mi abuela tomaba su tercer café, después del cual sus labios se abrían, si bien con desgana. Volvió su mirada afligida hacia mí como si hubiera concebido una idea, luego movió la cabeza con vacilación. Pero esa idea se afirmó en su interior y con palabras inconexas manifestó su intención a mis tías.

Recuerdo esa mañana luminosa de tintes rosáceos. El sol comenzaba a asomarse en el horizonte entre nubes doradas. Los pájaros gorjeaban en los bosques. Ante la ventana abierta, respiraba dichosa el aire fresco del jardín. Parecía que la vida y el júbilo se elevaban como olas y venían hacia mí. Estaba ebria del perfume del rosal que cubría la fachada de casa, ebria de luz y del fervor desbordante que hervía en mi interior. El futuro se me revelaba como un milagro a través de pensamientos que se sucedían veloces como relámpagos. Era feliz, con una alegría sin finalidad concreta, infinita. Mi ser se elevaba sobre el horizonte de mi vida, como el sol naciente, y en mis labios sentía la dulzura de la miel.

Sin embargo, mis tías me preparaban con murmullos de compasión y ternura. De cuando en cuando decían «pobre niña inocente». ¿Por qué se compadecían de mí? ¿Qué había en Pera que, de manera unánime, todos consideraban un infierno? ¿Se compadecían quizás por el rol de intermediaria que me había tocado o simplemente porque iba a presenciar el temible encuentro entre madre e hijo?

El taller del tío Jachig se encontraba en el camino que orilla el cementerio de Pangalti. Para esa época mi tío ya se había vuelto severo, sombrío e inaccesible. Las palabras salían de sus labios con cuentagotas. Su ceja elevada ya solo expresaba insatisfacción. ¿Contra quién se irritaba, qué quería de nosotros y en general de la humanidad? Parecía que se sometía a su pesar a una ley interna, parecía que le había sido asignada la función de llevar a cabo ese rol en la vida contra su voluntad. Yo sentía que quería sonreír, alegrarse, pero estaba encadenado por algo y había perdido la libertad.

Ese día a bordo de un buque a vapor pasamos primero a Beshiktash y luego subimos caminando hasta Pangalti. Mi abuela caminaba cogida de mi mano, indiferente y sin prestar atención a la muchedumbre heterogénea que se aglomeraba en las proximidades de los palacios imperiales en la avenida principal de Beshiktash. Para mí, este trayecto representaba una sucesión de escenas mágicas. Los *entari* amarillos, rosados y azules de las turcas me deslumbraban.

Disfrutaba aterrorizándome con los ojos húmedos de los largos y delgados hombres negros que veía en la calle. Los gritos de las mujeres, los reclamos de los vendedores, el aroma de acacias que provenía de los jardines de los palacios, el polvo dorado de la calle, las coloridas bebidas refrescantes expuestas delante de las tiendas, los dulces en forma de gallos y tambores de azúcar, todo me transportaba a un mundo de cuento de hadas que atravesábamos como sombras.

Finalmente, exhausta por todo lo que había visto y del vuelo de mi imaginación, con los labios ardientes, solo pensaba en detenerme en las fuentes públicas, donde los mendigos y derviches, esparcidos por las gradas de los pedestales, parecían saciarse de todos los placeres de la vida oyendo el murmullo de las aguas. A veces Dudu se paraba y abriendo su pequeña bolsa con sus dedos delgados les daba unos céntimos a los mendigos que suplicaban compasión, fueran musulmanes o no, sin distinción, hasta que los céntimos destinados a la misericordia se acababan.

En la cuesta de Gazhane mi abuela me soltó la mano y caminamos una al lado de la otra, entre el polvo del camino, ralentizando nuestros pasos cansados. El sombrero se había deslizado sobre mi nuca y los brazos me pesaban. De tanto en tanto me detenía y miraba para atrás. Más allá de los palacios y de los barrios a orillas del mar, el Bósforo centelleaba bajo los rayos directos del sol. A veces se levantaba viento y refrescaba nuestras frentes sudorosas. Finalmente llegamos a los barrios turcos, y, liberadas de la extenuante subida, comenzamos a caminar con un entusiasmo renovado. Las casas vacías y abandonadas, con los cristales rotos, de los que colgaban jirones de cortinas de lino, consiguieron romper el silencio de Dudu. Se detuvo, miró a su alrededor, y hablándome de igual a igual, musitó: «¡Cuánta sangre!, ¡cuántas lágrimas ha costado todo esto…!». Luego suspiró profundamente y prosiguió la marcha.

A medida que nos acercábamos a Pera, mi abuela iba perdiendo el aliento y jadeaba. Se detenía con más frecuencia. Con un pañuelo blanco como la nieve se secaba el sudor de la frente y del rostro y murmuraba: «¡Gloria a Dios!». Esa travesía era su tormentoso Gólgota maternal.

Cuando llegamos a Pangalti, me dejó adelantarme. Para mí era incomprensible esa inquietud e inseguridad que se había apoderado de Dudu. ¿Cómo, por qué las relaciones entre madre e hijo habían llegado a ese punto? Era como si entre ambos hubiera una lucha sorda que había resultado en este violento distanciamiento. Sin embargo, ellos se amaban con ardor, orgullo y admiración. ¿Qué impedía que se abrazaran, se besaran, se sentaran y hablaran agradablemente, como tantas madres con sus hijos?

Cuando nos acercamos al taller y oímos el veloz sonido de los martillos sobre el yunque, mi abuela perdió las fuerzas, palideció y comenzó a tambalearse. En ese momento entré enloquecida al taller, encontré a mi tío, me colgué de su cuello y empecé a besarlo y hablar sin parar, preguntando antes de esperar la respuesta, contestando antes de que me preguntaran. Mi tío estaba sudado y su rostro bronceado por el sol se apaciguó, sus ojos sonreían y hacía vanos esfuerzos para mantenerme alejada, a fin de que mis mejores ropas no se mancharan al rozarse con su delantal de cuero sucio de hollín.

El tío Jachig interrumpió inmediatamente su trabajo, entregando al aprendiz las herramientas que llevaba en la mano, se quitó el delantal y rápidamente dio órdenes a sus trabajadores. Luego fue a lavarse, pero de pronto pareció cambiar de opinión, porque volvió al trabajo, dejándome a merced de toda la clase de prodigios que la fragorosa y compleja vida del taller ofrecía a mi curiosidad sin límites. Me gustaba mirar la llamarada casi blanca del horno de fundición, el jadeo del fuelle, la transformación del hierro enrojecido sobre el yunque bajo los golpes metálicos y sonoros del martillo. Luego, el murmullo del metal aún caliente bajo el agua y el olor del fuego, que hacía que todo pareciera quemado. En esos momentos, mi tío Jachig se me representaba como un gigante. La camisa entreabierta en su velludo pecho, los brazos arremangados, daban la impresión de una fuerza omnipotente, y sentí orgullo cuando su voz tranquila daba órdenes a los empleados en medio del alboroto del taller. Era evidente que se alegraba de verme, a pesar de que realizaba esfuerzos sobrehumanos para reprimir cualquier manifestación de regocijo. Pero mi instinto infantil no se equivocaba y yo me comportaba audazmente con él. Y lo cierto es que encontraba completamente ajena a mi ser la manera que tenían de amarse madre e hijo. Aunque él se había percatado de que la madre estaba detrás, en el cementerio, esperándolo acongojada, no se daba prisa. Yo, completamente ajena a los tormentos psicológicos que ambos soportaban por igual, entraba y salía sin encontrar motivo alguno para que esos instantes mágicos acabaran.

Mi abuela estaba sentada sobre una lápida, a la sombra de un olmo. Con sus manos blancas y ajadas sobre las rodillas, miraba hacia adelante sin pestañear. Por momentos, volvía hacia mí su mirada intensa y oscura como para preguntarme algo. Otras veces, la cólera relampagueaba en sus ojos. Cuando empecé a incomodarla con mis idas y venidas, hizo que me alejara con un vacilante gesto de la mano.

Entonces comencé a vagar por los senderos del antiguo cementerio, bordeado de lápidas corroídas por el tiempo. Con la mirada fija en los antiguos y altos árboles, buscaba el maravilloso fruto que de generación en generación ha sido objeto de codicia por los niños de nuestra tierra. Sentí una felicidad infinita cuando pude coger un par de ellos. Luego, echada de espaldas en el césped, me quedé deslumbrada con la vista fija en la sombra oscilante de un árbol. El susurro incesante y rítmico de las hojas centelleantes parecía contarnos algo. Mi corazón temblaba de emoción cuando dos cimas se rozaban e intercambiaban sus murmullos. En lo alto, la bóveda del cielo rodaba y pasaba veloz un jirón de nube blanca. Fue allí cuando fui consciente, por primera vez, de mi existencia en el universo infinito, lo cual me provocó una gran confusión y una emoción indescriptible al mismo tiempo que espanto.

Cuando finalmente mi tío apareció por la puerta de atrás del taller, corrí junto a mi abuela. Él avanzaba lentamente y los guijarros del suelo crujían. Como queriendo retrasar aún más el encuentro, sacó la tabaquera de su bolsillo y comenzó a liarse un cigarrillo. No miraba a su madre, como si su encuentro fuera la continuación de una conversación interrumpida.

—Siéntate —dijo finalmente Dudu, con sus labios pálidos y temblorosos.

Mi tío aún fue a buscar una silla de un bar cercano. Parecía estar buscando excusas para retrasar el momento de hallarse junto a su madre. Perseguía unos pollos, dispersaba a los perros, le dirigía la palabra a alguien a la distancia. Pero finalmente todos esos pretextos se agotaron y mi tío se sentó frente a su madre en el escabel que llevaba en la mano.

Obviamente tenían miles de cosas para decirse, pero ambos permanecían en silencio. Observaba el rostro arrugado de mi tío, su ceja levantada, los dedos crispados con los que intentaba liar el cigarrillo, pero el maldito papel no se enrollaba. Pensé que esa era la causa de su mutua hostilidad, porque mi tío comenzó a quejarse airado diciendo «este papel es imposible».

Después de todo esto el rostro de mi tío se suavizó, me miró y alzando hacia su madre una mirada llena de preocupación y ternura le preguntó con tierna voz:

—¿Ha comido algo la niña?

Entonces el hielo se rompió y madre e hijo comenzaron a hablar con íntima familiaridad. Dudu no había hablado nunca con nadie con una voz plena de una dulzura tan maternal, tan dolorida, como cuando le decía a su hijo preferido:

—Jachig, cariño.

Ni se contaban cosas demasiado importantes ni expresaban sus sentimientos. Hablaban sobre hechos habituales y cotidianos, también sobre completos desconocidos, pero se habían encontrado el uno al otro en esa conversación anodina y por un instante disfrutaban de esa dulce quietud que deseaban desde hacía meses. Era como si saciaran una sed lacerante, como si hubieran alcanzado un fin inaccesible. Así estuvieron un par de horas, hasta que Dudu se puso de pie, dispuesta a partir. Mi tío nos acompañó hasta la calle y besó la mano de su madre. Los ojos de Dudu se humedecieron y besó a su hijo en ambas mejillas. Yo, deslumbrada por estos sentimientos desbordantes, miraba maravillada a uno y otra cuando noté que el rostro de mi tío se agrió.

Conmovido por las lágrimas maternas, mi tío clavó la mirada en el suelo con el ceño fruncido.

—No te enojes, cariño —murmuró Dudu y agregó—. ¿Vendrás un día a Üsküdar a tomar el aire?

—¿Acaso no hay aire aquí? —contestó él.

En ese momento Dudu se encontró a sí misma. Se volvió lejana e inaccesible, como una casa cuyas ventanas están cerradas y sus puertas, bajo llave. Lanzó su mirada a la calle ruidosa y soltó con desdén:

—No entiendo qué es lo que ven en Pera.

—Quizás el Dios de Pera sea diferente —contestó mi tío exasperado.

Pero enseguida se ablandó y queriendo lógicamente separarse de la madre reconciliados, no encontró nada para decir, pero nos aconsejó sobre cómo evitar ser atropellados por un vehículo, cómo no desviarnos del camino a fin de no perder el buque.

Años después, un atardecer, estaba recogiendo rosas con mi padre y el perfume me recordó esa mañana fragante en la que Dudu decidió llevarme consigo a visitar al tío Jachig. Mi padre cortaba las rosas más bellas y al mismo tiempo hablaba con voz calmada y persuasiva: «La mayor felicidad para el hombre...».

De repente lo interrumpí y le pregunté:

—¿Por qué el tío Jachig no quería a su madre?

Mi padre se detuvo y, fijando en mí su mirada radiante e inteligente, dijo:

—Al contrario, la quería, pero por encima de sus fuerzas. No todo el mundo tiene energía suficiente para amar. Hay que tener un espíritu muy poderoso para llevar en el alma semejante carga pesada con alegría.

LOS BARRIOS BAJOS

Las mujeres de casa, con excepción de la tía Yeranig, se referían con calificativos despreciativos, ya fuera directamente o por alusiones, a las calles a las que en su conjunto llamaban los barrios bajos. Según la autorizada opinión de las de casa, los habitantes de esas calles eran groseros; las mujeres, vulgares, y los hombres, jornaleros.

Después de trasladarnos a la casa del fabricante de pastas, la percepción de la vulgaridad parecía haberse agudizado a los ojos de los nuestros y cuando mis tías salían para una visita o para ir a los baños, dábamos grandes rodeos para no pasar por los barrios de abajo, aunque el que frecuentábamos, el Chinili Djami, se hallaba al final de Eni Mahalle.

Pero yo había pasado muchas veces por esos barrios con mi tía Yeranig desde temprana edad, y con frecuencia visitábamos casas que se encontraban en esas calles.

Yeranig era completamente diferente a sus hermanas no solo físicamente sino también por su temperamento. Era morena y de baja estatura. Sus cabellos eran negros, así como sus pequeños ojos. Debido a su rostro picado de viruela, tenía el firme convencimiento de que era fea. Pero lo cierto es que la tía Yeranig era la más querida y solicitada de la casa por parientes tanto cercanos como lejanos, por los vecinos, por toda la barriada.

Cuando cogida de mi mano descendía por nuestra calle hacia los barrios bajos, grandes y pequeños, desde ambos lados de las estrechas calles, de las ventanas o de los umbrales, insistían en invitarnos a sus casas para tomar café y charlar un rato. Nosotras avanzábamos lentamente y mi tía, al mismo tiempo que rechazaba las invitaciones, se ponía a conversar con unos y con otros. Esas mujeres se entusiasmaban oyéndola y a veces reían a pleno pulmón. No sé qué decía ni cómo lo decía, pero sentía que mi tía se reflejaba en todas las almas y sus palabras suscitaban risas y sonrisas, mientras ella se mantenía imperturbable. Y a mí me gustaba sembrar a nuestro paso tanta alegría, satisfacción y risas.

Las «relaciones» de Yeranig disgustaban a mi abuela y a mis tías y criticaban su gusto, que consideraban vulgar. Prácticamente no participaba en la vida de la casa. Tenía su propia habitación, donde trabajaba el *yazma* en el telar. Le disgustaba que interrumpieran de improviso su soledad. Por otra parte, cuando alguien visitaba la casa, no se dejaba ver, y tampoco se unía a las hermanas cuando iban de visita. Era como si quisiera separarse de los habitantes de la casa, tener una madriguera personal donde guardar su individualidad y sus bienes.

Esos bienes eran para nosotros, las criaturas, las maravillas de *Las mil y una noches*. Mi hermana pequeña estaba creciendo. Era una niña sana, robusta, tranquila. A nosotras dos no nos llamaban por nuestros nombres, sino que éramos la grande y la pequeña. La pequeña era perfecta, no era traviesa como la grande. Gozaba de la estima general y de la especial tutela de la tía Yeranig. Con frecuencia llevaba a la niña a su habitación, le abría sus tesoros y la pequeña jugaba plácidamente durante horas. Para mí, rara vez se abrían las puertas de ese paraíso, pero cuando ello ocurría, mi regocijo era tan grande que hasta llegaba a tener fiebre.

A Yeranig le gustaban los perfumes y en sus armarios había toda clase de fragancias. Llevada por mis súplicas, los abría, y yo observaba extasiada los frascos de diferentes formas y sus contenidos multicolores. De las ampollas cerradas se deslizaba un vago aroma de variados perfumes, que envolvía mi alma con sublimes sentimientos. Las fragancias se transmutaban en visiones y melodías indefinidas. Veía y oía cosas que no tenían relación con mi entorno inmediato. Sin embargo, luego, cuando esas impresiones se transmutaban en historias que me contaba a mí misma, me resultaban más verídicas que la realidad que me circundaba.

Pero Yeranig tenía otras maravillas en su habitación. Se trataba de su cofre. Allí guardaba objetos de su infancia. Había retazos de viejos y gastados chales indios, sedas persas, velos de Brusa confeccionados con hilos de oro, trozos de telas de colores vivos y deslumbrantes, muestrarios, pequeños objetos de marfil y plata, copas, tazas, coloridos hilos de seda, un collar de ámbar e innumerables cosas más.

Entre estas pertenencias y las historias de mi tía había una estrecha relación. Ella era la única en casa que hablaba de su abuela, la madre de Hagop. Su casa estaba llena de todas aquellas cosas que los conductores de caravanas traían a casa en el transcurso de sus largos viajes. Mi tía contaba que en los difíciles días de su infancia habían arrancado uno a uno chales y telas de las manos seniles de la abuela y las habían vendido. Prácticamente todo se había dispersado y perdido.

—No quedó nada —decía acongojada—, solo queda esto —suspiraba enseñando los restos reunidos en el cofre.

Ciertamente, se conservaban historias de la enérgica generación de mis abuelos, que nos llegaban a través de mujeres y hombres más o menos frágiles y del cofre de mi tía, con los insignificantes retazos desgarrados y apolillados de los otrora suntuosos chales, bellas alfombras o preciosas muselinas.

Cuando en su habitación disfrutaba de los que llamaba «momentos felices», abría el cofre y al mismo tiempo cantaba y nos contaba historias. Es en esa habitación en la que hallé la explicación de diversos acontecimientos familiares del pasado y del presente. Sin duda, mi tía Yeranig estaba dotada de talento como cuentacuentos, como su tío abuelo Farhad, pero, en realidad, en su época ya no había espacio para tal quehacer. Hablaba con más fervor del milagroso don de Farhad como contacuentos que del talento de su abuelo Shirin como trovador.

—Las caravanas marchaban llevando comerciantes, gentes del Gobierno, cofres llenos de tesoros… Iban más allá de Kutchug Chamledja, viajaban y viajaban durante días, meses. Por encima, el cielo; por debajo, el jefe de caravana.

Y nos contaba cómo Farhad dirigía sus caravanas con firmeza y ecuanimidad. Si un dignatario turco que viajaba en la caravana exigía un trato de favor, Farhad se negaba a dárselo y se enfurecía si insistía. Ni las amenazas ni las promesas podían con él. Cuando algún peligro amenazaba a la caravana, enseguida se evidenciaban las condiciones de Farhad para dirigirla. Era astuto como un zorro y, cuando las circunstancias lo requerían, prefería negociar con los asaltantes de caminos antes que someter a peligros la vida y los bienes de los viajeros.

A veces, los caminos se volvían intransitables por la nieve, lo que obligaba a detenerse y esperar durante días. Había que armarse de paciencia, ya que las provisiones de agua y comida se agotaban. Farhad reunía a los viajeros a su alrededor y comenzaba con sus relatos. Según mi tía Yeranig, Farhad describía con tal perfección banquetes, festines, diferentes clases de manjares a su hambriento público que los viajeros no solo dejaban de sentir hambre, sino que se saciaban y quedaban adormecidos.

Y cuando un peligro los amenazaba, Farhad relataba historias de valor legendarias con tal gracia y vigor que algunos esperaban que hubiera un ataque o algún suceso que les permitiera demostrar su valentía y se volvieran héroes dignos del cuentacuentos.

Cuando mi tía contaba estas cosas, sonreía con ojos llorosos y a veces lloraba sonriendo. La emoción y el entusiasmo transformaban su rostro moreno y picado de viruela, y sus ojos se encendían con pasión y a menudo con ironía.

La tia Yeranig pasaba velozmente de una actividad febril a una parsimonia africana. A veces se quedaba horas inmóvil y silente, sumida en la ociosidad. Incluso estando con los demás, no participaba en las conversaciones y simulaba dormitar. Sucedía a veces que contestaba al día siguiente a una pregunta que se le había hecho, diciendo que en ese momento le había dado pereza contestar. Incluso al final del día, a la hora del café, cogía la taza con una lentitud exasperante y con igual lentitud se la llevaba a la boca. En esas horas de laxitud, su cuerpo se inmovilizaba de tal manera que las piernas cruzadas se le entumecían y paseaba su mirada adormecida sobre todos, como si se despertara de un sueño y no reconociera su entorno.

Pero cuando su mente embotada despertaba con repentinos relampagueos, no solo se volvía aguda y pronta a responder, sino que acostumbraba a salir de su ensimismamiento entrando en contacto con el mundo exterior, mezclándose con la multitud, con la gente sencilla y para ello recurría a toda clase de medios.

En casa había un aljibe y dos pozos que nos proporcionaban agua en abundancia, pero Yeranig cogía a escondidas un cubo y una jarra y se iba a la calle por la puerta del jardín a recoger agua de la fuente pública. Le gustaban el aire libre, las calles, comunicarse con los vecinos, incluso con desconocidos. En los períodos en que se hallaba bajo esta disposición de ánimo, iba a los barrios bajos, vagaba por las calles o iba de visita a una casa.

Cuando había un enfermo en casa o alguna preocupación distraía a sus moradores, mi tía Yeranig me cogía de la mano y me llevaba fuera. Como me mantenía oculto el propósito del paseo, concebía diferentes hipótesis en mi mente, que se confirmaban o destruían cada vez que doblábamos una esquina. Entre las memorias de mi infancia, las visitas llevadas a cabo con mi tía y las excursiones por los barrios bajos se conservan como recuerdos feéricos. Junto a ella, lo inesperado, lo extravagante, la diversión, eran la norma. Me extasiaba el hecho de que no solo todos la conocieran, sino que intimaran con ella y la amaran. Todos la hacían partícipe de su preocupaciones y humildes alegrías. Esas familias que sufrían sumidas en la pobreza tenían una vida completamente diferente, que era desconocida entre los habitantes de los barrios altos.

Entre las casas que frecuentábamos recuerdo principalmente la casa del pescadero Nigot y la de la señora Gariane.

Nigot era un hombre ya envejecido, pero a veces salía a pescar y vendía su mercancía en las calles o en el mercado de Eni Mahalle. Más frecuentemente, sin embargo, les compraba a otros pescadores y los vendía con un pequeño margen de ganancia a sus clientes. En otros tiempos había sido capitán de barco. Sus cabellos grises le crecían casi hasta las cejas y por detrás se perdían bajo el cuello de la camisa. Por debajo de las frondosas cejas erguidas y enmarañadas, sus ojos grises miraban de abajo para arriba, como si su mirada fuera más allá del objeto de su visión. Tenía una forma de hablar extraña, que yo en un principio no entendía, pero a cierta distancia sus palabras evocaban el sonido de los golpes de remo en el agua a ambos lados de una barca. Estaba inconscientemente impregnado del ritmo de la navegación y, cuando explicaba historias de sus años jóvenes, sus palabras recreaban imágenes pictóricas y resultaban casi palpables.

Tenía una obsesión en su vida, que consistía en hacer teatro de marionetas. Según su anciana mujer, esa manía había dejado a toda la familia en la indigencia. Sus hijos habían ido muriendo de pequeños uno detrás del otro. Su casa familiar, de cuatro habitaciones, se había quemado durante el incendio del Vanki Bagh[27]. Sin embargo, todas estas desgracias no lo apartaron de su pasión. Después del incendio de la casa, había construido una barraca de madera con sus propias manos y lo primero que hizo fue colgar una sábana en medio de la única habitación y hacer representaciones con los títeres. Nigot lamentaba más la pérdida de sus muñecos que la de sus muebles, aunque no se preocupaba. Habiendo dejado todo de lado, sentado en el umbral de su casucha, con sus gruesos dedos y la ayuda de una navaja, había comenzado a fabricar sus actores, cuyas cabezas y miembros se movían con gran flexibilidad gracias al ingenioso movimiento de las cuerdas.

En las largas noches de invierno invitaba a los pescaderos del mercado y representaba en la sábana las piezas que había compuesto. Una vez consiguió que lo visitara un famoso titiritero de Samatia, Athovthos, y después de su representación, que consistía en el habitual Karagöz con sus variantes personales, Nigot escenificó sus obras.

---

[27] En armenio, *Vank* significa 'convento' o 'monasterio'. *Bagh*, en turco, 'viña' o 'huerto'.

Cuando la anciana mujer de Nigot llegaba a este punto del relato, Nigot alargaba la mirada hacia Yeranig bajo sus pobladas cejas y decía:

—Athovthos me besó la frente.

Había observado que mi tía, mientras aparentaba estar de acuerdo con las quejas de la anciana, seguía con interés las descripciones de Nigot acerca de sus propias creaciones. Ella precisaba detalles sobre tal o cual aspecto y sus sugerencias eran bien recibidas por Nigot.

—Señora Yeranig, ¿por qué no viene una noche para asistir a mis representaciones? Tráigase a la niña con usted.

Pero eso era imposible. Ni siquiera mi tía podía salir sola de noche, ni qué decir conmigo. Pero una noche de invierno pudimos ver deprisa la representación de Nigot. A un lado de la habitación, detrás de la sábana estirada por las cuatro puntas, Nigot hizo actuar a sus títeres. Él recitaba las palabras de cada personaje con voces diferentes. Incluso había una mujer entre ellos. Luego, rebuznó un burro, cacarearon los gallos y se armó una pelea delante del mercado. Me parecía que había una multitud detrás del lienzo y durante largo tiempo no pude creer que era el pescadero Nigot el que representaba esos múltiples papeles.

Nigot elegía temas sencillos y, en el curso de la representación y de acuerdo con la inspiración del momento, iba componiendo la intriga, la ramificaba y la llevaba a un final verosímil. Mi tía estaba obligada a responder mis innumerables preguntas y fue a la vuelta de esa representación cuando me dijo que Nigot no preparaba nada de antemano, sino que improvisaba sus palabras.

La representación de títeres me dejó una honda impresión. Confeccioné un montón de muñecas de trapo, asignándoles un papel a cada una de ellas. Pero yo preparaba previamente mis historias y en mi mente llevaba hasta su forma final todas las posibles conversaciones. Mis situaciones provenían de la vida real, solo las consecuencias estaban basadas en mis deseos.

La casa de la señora Gariane era muy diferente. Había enviudado joven y había criado a sus dos hijos varones, uno de los cuales era de mi edad, tejiendo *yazma*. Además, tenía a su padre y a su abuelo, del cual se decía que era casi centenario. El padre también trabajaba el *yazma*, y a veces se quejaba diciendo:

—Ay, señora Yeranig, ¿qué ha sido de los tiempos pasados? ¿Quién nos hubiera dicho que acabaríamos así, sentados en casa como una mujer mayor?

Había sido maestro tejedor de *yazma* y rebosaba poder, pero el reumatismo lo había obligado a retirarse del negocio y quedarse en casa.

La señora Gariane, a pesar de la pesada carga que llevaba y de su permanente pobreza, era una mujer alegre y feliz. Cuando por alguna cosa que decía mi tía estallaba en una risa entusiasta, de repente recobraba la seriedad y suspirando profundamente decía:

—¿De qué me estoy riendo?... No me lo reproche, señora Yeranig, mi corazón está lleno de dicha, ¡que el diablo me lleve! Soy pobre, pero mi espíritu es rico.

Cuando cogida de la mano de mi tía bajábamos por nuestra calle, mi deseo más profundo era ir a la casa de la señora Gariane. Pasábamos por las calles humildes de Eni Mahalle, ascendíamos por la avenida Baghlar Bashi, nos desviábamos hacia Vanki Bagh y llamábamos a la puerta de una casa de madera de una sola planta.

A veces, cuando aún no nos habíamos acercado a la casa, los moradores nos veían, se abalanzaban alegres sobre nosotras y casi llevaban de la mano a mi tía para que se sentara en el sofá. Inmediatamente comenzaba una de esas pintorescas charlas. No había oído nunca nada parecido ni en casa ni entre nuestros conocidos habituales, y esas conversaciones me tenían absolutamente encandilada. Ya sea que estuviéramos en Eni Mahalle, o en el lejano barrio de Chinili Djami, o en Vanki Bagh, o en los baños de Dagh, siempre eran casas de indigentes, llenas de mujeres, niños, a los que se unían vecinos para disfrutar de la presencia de mi tía Yeranig.

En esas casas conocí de cerca la apariencia terrible de la pobreza, oí voces espontáneas de rebeldía contra los empresarios del *yazma*, que explotaban cruelmente a los trabajadores, pero más aún a las trabajadoras. También oí cómo los engañaban con los pagos, estafaban en las cuentas y cómo los ignoraban en los tiempos difíciles. También vi y oí cómo se ayudaban entre ellos, su altruismo en casos de enfermedad u otras circunstancias difíciles y su capacidad de hacer enormes sacrificios. Vi cómo se reflejaban sonrisas y lágrimas al mismo tiempo en sus humildes rostros, pero también cómo hablaban con gracia y fundamento y se contaban sus adversidades con humor.

La tía Yeranig se transformaba en esas casas. Parecía multiplicarse y con su mirada y sus penetrantes y certeros juicios distraía y servía de consuelo a esas gentes. A veces, y siempre en la casa de Gariane, nos invitaban a comer. Cuando mi tía se disponía a levantarse, uno de los de la casa decía de golpe:

—Querida señora Yeranig, quédese, comamos algo juntos, luego se va.

Yeranig rechazaba la invitación y me utilizaba como pretexto.

—El padre no quiere que se acueste tarde.

Añadía otras objeciones, pero Gariane insistía, insistían los niños y los ancianos, intervenían los vecinos. Yo esperaba con el corazón palpitante el resultado de las negociaciones y cuando se decidía que nos quedábamos a cenar mi dicha no tenía límite.

Entonces, si no había nada preparado, se afanaban en hacerlo en la estufa de hojalata que tenían en medio de la habitación, y aunque en general yo era difícil de contentar con la comida, esperaba que pusieran la mesa con el apetito agudizado. Nunca y en ningún sitio he comido con tanto placer como en esas casas. A veces comía con tanta avidez que incluso mi tía se sorprendía y se inquietaba, porque había proclamado la fama de que era una niña de mal comer.

Finalmente llegaba la hora de la cena. Sobre el banco de trabajo extendían un mantel remendado y nos sentábamos alrededor con las piernas cruzadas, sobre unos cojines. Había un solo plato de comida: judías tiernas hervidas, arroz *pilaf* o gachas, que colocaban en una gran fuente en medio de la mesa. Aunque delante de cada comensal había pequeños platos y tenedores, a la larga todos acababan sirviéndose de la fuente con su tenedor. También solían servir pepinillos y olivas. El queso era un artículo caro para esas casas, y yo prefería las aceitunas y las comía con satisfacción, con la mente atenta a las conversaciones de los mayores:

—Son malos tiempos…, nada es como antes.

Siempre esa añoranza del pasado… Si creyera en las palabras de los mayores, debería pensar que antes nadaban en la abundancia y las provisiones se vendían a precios legendariamente baratos.

—Con dos monedas comprábamos un saco de arroz —decía el padre de señora Gariane con sus dos delgadas manos calentándolas sobre el brasero.

Y desde su venerable ancianidad, el abuelo intervenía con su ronca voz:

—Vosotros no habéis visto nada… Con mis *mahmoudidje* de oro en la cintura, atados en mi cinturón, compraba cinco sacos de arroz con una sola moneda. El Gobierno proporcionaba pan y tabaco gratuitamente, y por dos monedas de plata podíamos comprar un carro de melones y sandías. Antes de la llegada del invierno, desembolsaba dos o tres monedas de oro, llenaba mi despensa, cerraba puertas y ventanas y disfrutábamos de la vida con toda la familia reunida. Hoy en día, grandes y pequeños, os habéis vuelto como los gitanos. El otro día, en el mercado, vinieron de la casa de Toros efendi para pedir un barril de aceite… ¡Ay!, ¡qué tiempos!, ¡ay!, no habríamos visto estos malos tiempos si nos hubiéramos muerto en su momento o hubiéramos conseguido acomodarnos.

—¿Quién es Toros efendi? —preguntaba mi tía entornando los ojos—. ¿No es el hijo del barbero Nigoghos? ¿Ahora tienen cargos en el Gobierno?, *aman*, no me hagáis hablar. ¿Por qué medios prosperaron? El barbero era el masajista personal del *amira* Phishmish… Y su mujer… ¡*aman*! Callémonos —añadió Yeranig—, las paredes oyen.

—Hay quienes no se pierden palabra —repitió Gariane señalándonos con una mirada a los niños, que sentados unos junto a otros en los cojines estábamos fascinados siguiendo la conversación de los mayores.

Y mi tía empezó a explicar con un lenguaje velado una de sus historias, que revelaba los secretos de una familia que había adquirido poder y protagonismo viniendo de la nada.

Hablaba también sobre otros ricos, que se dedicaban a robar pagarés, provocaban incendios para destruir documentos, declaraban bancarrotas fraudulentas, denuncias y toda clase de estafas.

—¡Vaya ralea! —decía aludiendo a los recién enriquecidos comerciantes—, esa ralea es capaz de lo que sea por un solo día de banquetes y placeres, no le importa hundir en la miseria a los demás, incluso venderían al padre y a la madre.

—No les quedará nada —decía el padre de Gariane para consolarse a sí mismo.

—Da igual que les quede o no —decía Yeranig enfadada—, nosotros ocupémonos de lo nuestro.

Inmediatamente después de la cena, Gariane preparaba el café colocando la cafetera entre las cenizas del brasero. En ese momento, los ancianos hablaban de Shirin y Farhad:

—Eran otra estirpe de hombres —se decían interrumpiéndose mutuamente—. Es verdad que iban ciegos de vino, pero eran gentes de carácter. Defendían sus derechos, y no usurpaban los de los otros, es más, también defendían los de los demás.

Los ancianos habían conocido a Shirin y a Farhad.

—Ay, señora Yeranig, llegaron a los cien años, vivieron mucho… Se sentaban junto al jefe de los conductores de caravanas, en Adji Badem. Con sus blancas barbas, el torso recto, eran fuertes como el roble. Incluso los turcos respetaban sus palabras, refiriéndose a ellos como los hombres de barbas blancas, totalmente dignos de admiración. Cualquier cosa que pasara en el mercado, o surgiera una pelea, iban a buscar a Shirin y Fahrad. Ellos los escuchaban y dictaban su veredicto. Farhad tenía preparado un bastón para castigar él mismo al culpable. Yo he visto con mis ojos cómo un reo acudió al llamado de Farhad para que este lo castigara. No, no tenían dinero, pero les sobraba corazón; hombres justos, siempre estaban del lado de los artesanos. ¿Dónde hay ahora hombres así?

Yeranig suspiraba, y los demás la imitaban.

—Oumedig había hecho retratos de ellos —decía el abuelo. Pero cuando se quemó la casa, también se quemaron los cuadros.

Había quienes decían que el pintor Oumedig había utilizado a Shirin y Farhad como modelos para los cuadros de los apóstoles Pedro y Pablo, que habían sido ungidos y colgados a ambos lados del altar de la iglesia de Surp Jach.

Por esos tiempos, un *amira* de Üsküdar, habiéndose enterado de quiénes habían sido los modelos de los retratos de los «santos apóstoles», se había escandalizado y quiso quitar esos cuadros «sacrílegos». La noticia llegó a los oídos de Shirin y Farhad, y todos los bomberos del barrio se alzaron para defenderlos. Los cuadros se quedaron donde estaban y el *amira* se cuidó mucho de pasar por Adji Badem durante meses.

Aludiendo a este antiguo episodio, Yeranig decía:

—Mi abuelo y su hermano eran conductores, de acuerdo…, pero acaso Pedro y Pablo, ¿no eran también pescadores?, porque no eran precisamente *amiras*.

TIEMPOS DIFÍCILES

Una mañana encontramos a mi madre enferma en la cama. Mi padre había ido a trabajar temprano, y mi abuela y mis tías, después de sus sucesivos cafés, se habían dado cuenta de que mi madre aún no había bajado de la habitación. Finalmente fueron a ver qué pasaba. La hallaron sentada en el lecho y sumida en una tristeza desesperada. No contestaba a ninguna pregunta, como si hubiera perdido la capacidad del habla, y las lágrimas fluían sin cesar por sus mejillas. No había ninguna razón evidente para esta congoja, y la familia pensó que mi madre había tenido un mal sueño y que lo que le sucedía era pasajero.

Pero la aflicción muda de mi madre duró días y días. Se volvió indiferente a su entorno, incluso a sus hijos, como si todos nos hubiéramos vuelto desconocidos para ella.

Nuestro médico, el doctor Torkomian, joven y recién regresado de París, había sido hermano de leche de mi madre —mi abuela lo había amamantado durante la enfermedad de su madre— e intentó cuidar a mi madre con gran abnegación, aunque sin resultados.

La enfermedad de mi madre, a la que llamaban melancolía, trastornó la vida de la casa. Mi padre, abandonando el trabajo, corría al médico y al farmacéutico, a mitad de camino volvía a casa para cuidar a la enferma, La tristeza de mi madre empezó a dominar toda la casa. Cuando las niñas queríamos algo, o intentábamos jugar, nos decían con voz severa:

—Tu madre está enferma, comportaos.

Mis tías levantaban con dificultad a mi madre de la cama, la vestían y la llevaban a la habitación de abajo, donde ella, sentada en un rincón del sofá, derramaba lágrimas en silencio, sin sollozos ni suspiros. Con gran esfuerzo, mis tías intentaban darle con una cuchara algo de leche o caldo a través de sus dientes apretados. El rostro de mi madre fue cambiando paulatinamente, sus vivos colores languidecieron, su boca adoptó una expresión de pena infinita. Sus ojos, siempre húmedos, empequeñecieron y su mirada fija adoptaba a veces una expresión errática.

Trajeron de Pera un médico especialista francés, que llevó a cabo consultas con el doctor Torkomian. Se consolidó la opinión de que mi madre padecía una grave enfermedad nerviosa, que debía estar bajo vigilancia mañana y noche, o ingresarla en un hospital, porque en un momento de crisis podía quitarse repentinamente la vida.

Intentaban mantenernos a las dos hermanas lejos de mi madre, pero a veces nos deslizábamos en la habitación y yo observaba con tristeza su rostro humedecido por las lágrimas. Su expresión me oprimía el corazón, me retorcía las entrañas con un inmenso dolor. Aún era muy pequeña para comprender la gravedad de su enfermedad y los infortunios que ello acarreaba a la familia, pero la manifestación de la enfermedad calaba tan hondamente en mí que pasaba las noches en vela y yo también lloraba ahogando los sollozos.

Mis tías se vieron obligadas a interrumpir el trabajo para poder ocuparse por turnos de mi madre, porque mi padre había declarado desde el primer día que, mientras él viviera, no confiaría su cuidado a ningún extraño.

Más o menos un mes después, mi madre rompió su silencio comenzando a reír como una enajenada. Empezó a hablar de manera incoherente y a tener visiones y alucinaciones auditivas. En opinión de los médicos, su estado revestía una enorme gravedad.

Mi padre agotó sus últimas posibilidades de crédito y contrajo nuevas deudas. La inestable economía familiar se desmoronó completamente. La tristeza y la angustia se apoderó de todos y nosotras, las dos hermanas, nos volvimos unas criaturas infelices y prácticamente abandonadas. Fuimos poco más o menos como huérfanas en nuestra propia casa, porque toda la atención se centraba en mi madre enferma.

Con mi hermana pequeña vagábamos por el jardín y por las habitaciones de la planta superior. A veces nos cuidaba mi abuela, temblorosa y desconcertada. Otras, hallábamos cobijo en la habitación de la tía Yeranig, en donde solo ella seguía trabajando. Y en la casa silenciosa resonaban de manera trágica las risas enloquecidas de mi madre, que siempre acababan en prolongados gemidos.

En esos días experimenté por primera vez la maldad de los hombres. Los vecinos, que a través de los resquicios de sus cortinas cerradas observaban con afán crítico nuestra vida fuera de lo habitual, las idas y venidas de mi padre y mis tías, parecían hallar una satisfacción personal en las desgracias que nos habían sobrevenido. Entraban y salían de casa, en donde ya no regía norma alguna, y con frecuencia, delante de nosotras, hacían toda clase de reflexiones inoportunas sobre las supuestas causas de la enfermedad de mi madre.

Incluso cuando pasaba por calles más alejadas, me señalaban con el dedo y decían:

—Es la hija de Aghavni, la hija de Shirin. —Y susurraban entre ellos con aires misteriosos.

Un día, aprovechando que en casa estaban todos ocupados, me lancé a la calle y vi a la señora Paris, una de nuestras vecinas, la mujer del barbado Garabed, que me soltó con malicia:

—Ya no tienes madre, es como si estuviera muerta. Compórtate.

Me vengué de estas palabras dos años más tarde, en Maltepé, lanzando una enorme piedra a la cabeza de esa mujer, a la que odiaba con todo mi ser.

Nadie entendió el motivo de mi conducta, que fue tachada de extravagante. Yo tampoco accedí a dar explicaciones y a partir de entonces no perdían ocasión de echarme en cara ese comportamiento tosco e injustificado diciendo que de una criatura como yo cabía esperar cualquier cosa. Solo en los barrios de abajo nos profesaban una sincera compasión.

—Señora Yeranig, querida, ¿cómo sigue tu hermana? —preguntaban las mujeres a las puertas de sus casas.

Después de una detallada investigación, el médico francés dio con el origen de la enfermedad de mi madre. Mi padre estuvo de acuerdo con el médico, pero mis tías se negaban obstinadamente a aceptar el diagnóstico. Mi abuela movía enfurecida la cabeza, y parecía estar de acuerdo con mi padre.

—Querida —le decía mi tía a la señora Gariane, medio entre risas, medio entre lágrimas—, de acuerdo con las palabras del francés, mi padre y mi abuelo se comieron las uvas aún no maduras, pero fue a Aghavni a quien se le agriaron los dientes… Y si ha sido así, ¿por qué no nos enfermamos nosotras?

La señora Gariane cesó de frotar por un momento el *yazma* con el pincel y dijo en tono alentador:

—Palabras necias…, ha sido mala suerte, y ha ganado la enfermedad.

En otras ocasiones, Yeranig decía con gran amargura:

—A todo el mundo los padres o los abuelos les dejan una casa, un lugar a sus hijos y nietos. ¡Vaya herencia que nos dejan los nuestros!

Años después supe que la herencia a la que se refería era el alcoholismo.

Se decidió llevar a mi madre a un pueblo para alejarla de su ambiente habitual. Según el consejo del médico, no debía buscarse un sitio de veraneo, sino un pueblo auténtico, lejos de la costa, que estuviera a cierta altura. El tío Artin, que en tiempos había tenido huertos más allá de Kutchuk Chamledja, nos propuso ir a un pueblo turco llamado Libade, en donde tenía un conocido que había trabajado con él y cuya casa podíamos alquilar con su recomendación.

Mis tías Youghaper y Makrig acompañaron a mi madre, y mi hermana y yo nos quedamos en casa con la tía Yeranig y mi abuela, mientras mi padre iba cada día a Libade.

Mi padre no perdió ni la esperanza ni la energía en esos días de infortunio. Era incansable. Siempre iba y venía a pie, incluso dos veces al día, con tal de no malgastar el dinero. Había concentrado todas sus fuerzas en mi madre, cuya condición iba empeorando cada día. A través de frases inconexas supe que ella no reconocía a sus allegados, que la muerte la aterraba a la vez que intentaba esquivar la vigilancia de las hermanas para lanzarse a un pozo. Me sobrecogía al oír cómo mi madre se estremecía con las duchas de agua fría y con la sábana húmeda con la que rodeaban su cuerpo. Intentaba huir, bramaba, se espantaba, pero mis tías cumplían las recomendaciones del médico, porque de lo contrario habrían de trasladar a la enferma al hospital.

Y un día, accediendo a mis súplicas, mi padre me llevó a Libade.

El dueño de casa era un campesino turco pobre y anciano que cultivaba la tierra con su nieto huérfano de catorce años. Mi padre los invitó a compartir la mesa con nosotros. El viejo campesino se conducía con respeto y educación, incluso en relación conmigo, que aún era una niña.

Cuando por la tarde llevamos a pasear a mi madre, todos los campesinos, hombres y mujeres, miraban con compasión a esa mujer joven y bella, sumida en un estado de inconsciencia, y ofrecían ayuda a mi padre y a mis tías con todos los medios que tenían a su alcance si fuera necesario. Después de la cena, cuando mis tías llevaron a mi madre a acostarse, mi padre habló un momento en el jardín con el anciano sobre asuntos relacionados con los cultivos. Luego, cuando nos quedamos solos, me dijo:

—Ves, hijita, esta gente ligada a la tierra son trabajadores duros, pero aún vertiendo sangre y sudor no llegan a comer caliente… Estas pobres personas se han endeudado para pagar los impuestos y no pueden salir adelante porque deben reembolsar los intereses.

Ese pueblo, apenas a seis o siete kilómetros de Üsküdar, era ya la Anatolia por su oscura ignorancia y su retraso. Nadie sabía leer ni escribir, y tampoco tenían médico, ni siquiera en los pueblos circundantes. Cuando era necesario, esa función la cumplían los adivinos y las oraciones. El pueblo pertenecía a un terrateniente que vivía en Estambul, al que nunca se le había visto por el pueblo. Pero su representante venía con frecuencia y con rigor inmisericorde cobraba diezmos, impuestos y diferentes clases de regalos, que, sin embargo, no obviaban los impuestos que también pagaban al Estado.

Algunos años después hubiera sido imposible para una familia armenia ir a vivir sin correr peligro en una zona solo habitada por turcos. Pero en esos tiempos aún no había indicios de odio étnico y ambos pueblos se relacionaban con pacíficos sentimientos humanos.

Tuvimos que trasladar a mi madre de Libade antes de lo previsto. Durante los primeros días, el aire del campo había resultado beneficioso, pero progresivamente fue siendo dominada por el espanto, especialmente en la soledad de las noches. Veía fantasmas por todas partes y se asustaba de su propia voz cuando su irreprimible risa resonaba en el silencio de la casa.

Dejamos deprisa la casa del fabricante de pastas, cuyo alquiler no podíamos afrontar, y nos mudamos «provisionalmente» a una modesta casa de madera, en el barrio de Selamzis. Pero lo «provisional» se transformó en definitivo. Al fin y al cabo, después de diversas mudanzas, nos instalamos en un casa en la calle Diamandopol, que tenía cuatro habitaciones, un extenso patio y un jardín. El dueño vivía en Pera y mi tío Jachig, que era quien pagaba el alquiler, había asumido esa responsabilidad sin alardear de ello.

Gracias a los cuidados pacientes y sensatos de mi padre y a la inagotable abnegación de mis tías, mi madre se recuperó dos años más tarde. Empezó a tomar consciencia de la realidad circundante e incluso a ocuparse de algunas sencillas tareas domésticas, pero siguió débil y expuesta a crisis nerviosas durante una decena de años. Grandes y pequeños estábamos obligados a evitarle tensiones y esa fue en lo sucesivo la principal preocupación en casa.

LA CASA DE LAS MUÑECAS

Habíamos decidido ir de vacaciones a orillas del mar, a Maltepe. Pero hasta que llegara el momento, que dependía de solventar una serie de dificultades, mi padre decidió alejarme de casa por consejo médico, ya que las crisis nerviosas de mi madre habían comenzado a influir en mí de modo alarmante.

Después de largas vacilaciones, mi padre consintió en confiar mi cuidado a la señora Santukhd, que vivía en una de las casas nuevas en la zona elevada de Üsküdar. Mi padre había sido su padrino de boda, y como el acontecimiento había tenido lugar en un período de prosperidad, le había regalado una valiosísima joya. Santukhd siempre sintió una respetuosa gratitud hacia él.

Aún no había cumplido los treinta años, pero sus cabellos estaban completamente blancos y rizos brillantes como la plata enmarcaban su rostro fresco y bonito.

Se vestía con minucioso esmero y era un paradigma de elegancia y buen gusto para las mujeres de Üsküdar. A mi padre le gustaba esta mujer, y cada vez que nos visitaba sus ojos brillaban de satisfacción. Era indulgente con los defectos de Santukhd, considerados intolerables por las mujeres de la casa, que no perdían ocasión para decir que era una mujer tonta y consentida. Hablaba un armenio correcto, pero con un ligero acento extranjero. Decían que era una niña griega expósita y que la había adoptado una familia armenia. Más tarde oí que la madre de esa familia había concebido la criatura con su vecino, un barbero griego, y después de dar a luz en secreto había hecho que dejaran a la criatura delante del umbral de su casa, en pleno invierno, como si la hubieran abandonado, para luego convencer a su marido de que la adoptaran en lugar de entregarla a la Iglesia griega. Los niños expósitos eran frecuentes entre las colectividades griega y armenia de Constantinopla.

El marido de Santukhd, Alexan aga, era un hombre de edad avanzada, delgado y huesudo, un poco encorvado. Su trabajo en el mercado le proporcionaba una vida acomodada.

En un determinado momento del año, Alexan aga entraba en un período de mutismo. Parece ser que era una afección habitual en él, porque todos lo aceptaban sin sorprenderse y cuando llegaba la fecha decían: «Alexan aga ha entrado en crisis». La mujer, que preveía exactamente la fecha en que su marido entraba en esta fase, lo urgía a llevar a cabo una serie de trabajos relacionados con la casa:

—Alexan aga —le decía—, aún no has entrado en crisis, aprovecha para decirle al fontanero que venga a reparar las tuberías y las goteras, que luego vienen las lluvias y quedaremos expuestos a la intemperie.

Pocos días antes de que llegara la fecha señalada, Santukhd propuso llevarme a su casa.

—Alexan aga está a punto de entrar en su crisis de mutismo —le dijo a mi padre—, y yo sola me aburro, no tengo a nadie con quien cruzar dos palabras. Dé su permiso, me llevo a la niña, y me habrá hecho un favor.

Así fue como, finalmente, una mañana vino la señora Santukhd, me cogió de la mano y me llevó a su casa.

Los primeros días Alexan aga aún no había entrado en su particular estado depresivo. Cada mañana se levantaba, se sentaba en camisón en un rincón del sofá y esperaba a que la mujer le preparara el café, calentara el pan en el fuego y se lo sirviera con una loncha de queso *khasher*. Desayunaba en silencio, después se vestía y bajaba las escaleras. La mujer lo seguía deprisa, y en el patio, con el paraguas del marido en la mano, esperaba a que se quitara las pantuflas y se pusiera los zapatos. Santukhd cumplía humildemente los deseos de su marido y, cuando él salía, la mujer, de pie en el umbral de la casa, lo seguía con la mirada hasta que él daba la vuelta a la esquina. Desde las casas vecinas, las mujeres observaban el rostro sonriente y el comportamiento de Santukhd a través de las cortinas entreabiertas y espetaban:

—Menuda tonta.

—Actúa como si fuera una recién casada.

En la casa de la señora Santukhd descubrí muchas novedades. En las esquinas de los sofás había cojines bordados sobre coloridas telas de satén y de las paredes colgaban cuadros con marcos dorados. Había un cuadro que me despertaba un interés particular. Sobre una tela de terciopelo negro habían dispuesto en círculo pimpollos de seda y flores artificiales, enmarcando la fotografía de Santukhd y su marido el día de su boda.

En su baúl también había telas brillantes y de bellos colores que sacaba fuera para jugar con ellos. Sonreía con satisfacción al ver mi arrobo ante tanta maravilla y me permitía toquetear los trozos de terciopelo y seda, lo cual me provocaba un gozo especial y una sensación singular en la punta de los dedos.

Una vez que Alexan aga se marchaba, Santukhd bajaba a la cocina y preparaba la comida con un cuidado meticuloso. Su prioridad era lo que podía gustarle o no a su marido. Era como si careciera de preferencias propias y como si la preocupación principal de su vida fuera complacerlo. En los primeros años de matrimonio se regocijaba con la exigua recompensa de que sus esfuerzos y cuidados agradaran a Alexan aga y se dibujara una débil sonrisa en su rostro agriado. Pero a menudo esa sonrisa no se manifestaba. Ello no era suficiente para que Santukhd perdiera la esperanza y al día siguiente decía satisfecha:

—A Alexan aga le gustó mi *dolma*[28]. Aunque no dijo nada, yo vi que se sirvió otra vez.

Mientras Santukhd se ocupaba de la casa, yo iba al jardín y jugaba. Saltaba a la comba, me columpiaba con furia, y cuando se me agotaban las posibilidades, miraba las incipientes plantas de los parterres y las escuálidas flores que brotaban y florecían con dificultad en esa tierra arcillosa. ¡Qué lejos estaban los jardines de Silihdar!… Parecían tierras lejanas, cuya añoranza, por momentos, me producía aflicción.

Después del mediodía, si no había visitas, Santukhd me vestía, me ataba el cabello con cintas azules o rosas, se engalanaba también ella y salíamos juntas de visita. Las casas a las que íbamos constituían un círculo social completamente desconocido para mí. Eran familias de comerciantes acomodados, cuyas palabras, comportamiento, las cosas que servían, todo estaba siempre calculado y decidido de antemano. Mujeres, jóvenes e incluso niños estaban privados de cualquier manifestación espontánea. Todo estaba medido, dispuesto según un modelo. Para ellos había cosas que «no se podían hacer». Y sus largas conversaciones consistían en críticas venenosas de otras familias similares a ellos, pero que se habían desviado mínimamente de las normas establecidas, incurriendo en algunas de las cosas que «no se podían hacer».

La principal ambición de las familias de esta clase era adoptar costumbres europeas. Estaban pendientes de las

---

[28] Plato que consiste en vegetales como calabacines, tomates, pimientos rellenos de carne y arroz… Es común en la Transcaucasia, los Balcanes, Turquía, etc.

novedades de París y seguían punto por punto los consejos de las revistas de moda, o creían hacerlo. Sobre todo, las más jóvenes se expresaban con ardiente entusiasmo cuando la conversación giraba alrededor de estos temas.

Los hombres pasaban el día entero en el mercado. Vendían, compraban, engañaban, mentían, estafaban intentando contentar con sus ganancias no solo las exigencias de sus mujeres e hijas, sino también preparar la dote para las muchachas casaderas. La dote oscilaba entre doscientas y quinientas monedas de oro, a la que aspiraban jóvenes igualmente hipócritas, mentirosos y astutos, y cuyos pantalones se ensanchaban o estrechaban según la moda parisina.

Yo odiaba a esas familias con todas mis fuerzas y me aburría lo indecible en esas casas adornadas con fruslerías, en las que si de repente estirabas un brazo una ridícula baratija se caía de una mesa desvencijada. Y las mujeres, jóvenes o mayores, me parecían feas y antipáticas, y además y sobre todas las cosas, malas personas. Casi siempre, Santukhd volvía enfadada a casa y exclamaba: «No volveré a poner los pies en la casa de estos», porque sus «amigas» no habían titubeado en proferir mordaces comentarios de mal gusto. Pero al día siguiente, habiendo olvidado todo, se arreglaba e iba de visita a una casa del mismo estilo.

Esas mujeres se comportaban conmigo con una curiosidad inapropiada y me interrogaban sobre la situación de mi casa, sobre nuestros problemas familiares y, fundamentalmente, sobre los detalles de la enfermedad de mi madre. Pero yo guardaba un silencio fiero y obstinado, del cual ellas se vengaban diciéndose unas a otras:

—Es la biznieta de Shirin… —E intercambiaban una mirada de complicidad.

Y finalmente, cuando llegó el día en que Alexan aga entró en su crisis depresiva, Santukhd, a su vez, se sumió en la tristeza. A veces lloraba suavemente y confiándose en mí, me decía que nada le hubiera preocupado si hubiera tenido al menos un hijo. Pero no sé por qué había perdido para siempre la esperanza de ser madre y por qué era ese el origen de su infelicidad. Me abrazaba con afecto y colocando su mejilla húmeda en la mía me murmuraba palabras de amor y ternura.

Un día, después de haberme hecho prometerle que nunca se lo contaría a nadie, me reveló con voz llorosa que ella también tenía niños. Su semblante resplandeció de inmediato, una sonrisa floreció en su rostro y, recuperado su habitual talante jovial, empezó a ordenar la habitación con laboriosa celeridad para ir a ver luego a los niños.

Por fin, cogiéndome de la mano, Santukhd me llevó arriba, a la habitación de los adornos, y abriendo un armario cerrado con llave, sacó una a una muñecas espléndidamente vestidas y las colocó en el diván una al lado de la otra. Eran muñecas compradas en el Bon Marché de Pera, con los miembros articulados y los ojos parpadeantes, a las que había ataviado con vestidos bordados de terciopelo y satén, de color rosa, azul, amarillo o rojo.

Cada una de esas muñecas tenía su nombre y su temperamento.

—Mira —me decía señalando el rostro de cera de la muñeca de azul—, Siranoush es una buena chica, no testaruda como tú. Cuando le digo algo, me escucha.

Luego Santukhd hablaba suavemente con cada una de ellas, a veces las reprendía, otras, les daba consejos. En ocasiones se quedaba un momento en silencio como si le estuvieran haciendo alguna objeción para luego exclamar:

—No, si una criatura obedece a su madre no le pasa nada de eso. Tú no me escuchaste, comiste muchos caramelos y por eso ahora te duele el diente.

Y moviendo el dedo reprendía a las muñecas inmóviles e inanimadas.

Santukhd se fue entusiasmando hasta empezar a creer tan firmemente que las muñecas eran seres vivos que acabó yéndose de cabeza. Creía que le hablaban todas a la vez y que ella no daba abasto para responderles.

—Isguhi, ¡te has manchado otra vez el delantal!, no puede ser. No puedo traerte un delantal nuevo cada día…, solo tengo una mano, y mil cosas que hacer en casa. ¡Ten un poco de consideración!

Mis ojos comenzaron a oscurecerse y yo también perdí, a mi vez, el sentido de la realidad. Me dominó un malestar indefinido. Hasta a mí me parecía que de verdad los rostros inmóviles de las muñecas empezaban a emocionarse, sus ojos se tornaban expresivos y sus rígidos miembros adquirían movimiento y flexibilidad.

Unos golpes en la puerta devolvieron a la realidad a Santukhd. Corrí tras ella escaleras abajo. El recuerdo de lo que vi en esa habitación me entristecía el alma con una angustia difícil de explicar. Yo también tenía muñecas, muñecas ordinarias medio destrozadas, con los cabellos arrancados, y también muchas de trapo, a las que daba vida y sentimientos. Pero en mi caso había una gran diferencia. Las muñecas eran el medio por el que yo daba forma a mis historias. Mi mundo estaba dentro de mí, no en las muñecas inánimes, mientras que el interior de Santukhd estaba vacío. En ese momento no era capaz de elaborar este razonamiento, pero lo sentía de manera confusa y ya no quise subir a la habitación de las muñecas. Pero un día Santukhd interrumpió de repente su trabajo, su rostro expresó un aire extraviado y dijo:

—Creo que Koharig está enferma… —Y se precipitó escaleras arriba a la habitación.

Durante todo el día estuve bajo el influjo de un sentimiento desagradable, vagabundeé por el jardín y, cuando Santukhd bajó, manifesté mi deseo de volver a casa y sostuve obstinadamente mi decisión.

Me mantuve fiel a la promesa que le había hecho y no le hablé a nadie de su secreto, pero nunca más quise poner los pies en su casa.

LA ESCUELA RELIGIOSA DE GARABED AGA

Aún vivíamos en la casa del fabricante de pastas cuando me enviaron a la escuela religiosa de Garabed aga. Había sido una idea de mis tías, a la que mi padre se había opuesto firmemente en un principio. Pero finalmente había accedido porque su mente estaba absorbida por la salud de mi madre. Era imprescindible alejarme del ambiente de la casa, porque me había transformado en una criatura tan ingobernable que mantenerme allí sin una vigilancia especial se había vuelto imposible. Incluso el joven médico, el doctor Torkomian, había aconsejado a mi padre que al menos durante el día alguien de confianza cuidara de mí. La mujer de Garabed aga, la señora Nekdar, consintió en asumir ese rol cobrando el doble de su remuneración habitual.

La escuela estaba en nuestra calle, unas casas más lejos. Garabed aga era hijo de sacerdote y en un tiempo él mismo había querido serlo. Decían que se había preparado seriamente para su vocación. Su caso no era el de muchos hombres que se habían hecho sacerdotes por haber fracasado en algún oficio o negocio, o simplemente por pereza. Garabed aga era un hombre instruido, hijo de un sacerdote también instruido. Pero por alguna razón había resultado sospechoso para la Iglesia. La vigilia de su ordenación como sacerdote, el deán de la parroquia, de acuerdo con la tradición, había preguntado a los feligreses que se hallaban en la iglesia:

—¿Es este hombre digno del sacerdocio?

Y una voz entre la multitud había clamado:

—No, no es digno.

A pesar de sus sentimientos religiosos, Garabed aga no había vuelto a poner los pies en la iglesia después de este incidente, que lo había amargado profundamente haciendo de él un hombre extremadamente susceptible e iracundo. Era un anciano pulcro, de ademán prudente, con una redonda barba blanca y el bigote afeitado. A veces hablaba solo, y a menudo era agresivo. Creía que los enemigos lo perseguían, que llevaban «el diablo en sus barrigas» y tenían «lenguas de serpiente» y cosas por el estilo. A su vez, él se desquitaba persiguiendo a su mujer y a los niños que habían sido entregados a su cuidado.

Por alguna razón incomprensible, conmigo era dulce y tolerante. A pesar de mis múltiples travesuras, Garabed aga escuchaba con una sonrisa reprimida las quejas de la mujer sobre mí, y cuando la mujer decía «Garabed aga, haz algo, dale un susto», él me llamaba a su lado, me acariciaba la cabeza y me daba consejos.

La señora Negdar, irritada por esta actitud insólita del marido, murmuraba: «¡Qué remedio!, se ha encariñado con ella». Hasta que, finalmente, un día se enfadó conmigo.

Desde hacía bastante tiempo rondaba un plan por mi cabeza. Después del mediodía, Garabed aga se echaba una siesta en un rincón de su pequeño diván. En esos momentos reinaba en la sala y en la casa entera un completo silencio. Hasta se podía oír el zumbido de una mosca. Los niños ni siquiera se atrevían a respirar. Una tos involuntaria o un estornudo provocaba un sobresalto en medio de ese silencio aterrador.

Garabed aga dormía y su respiración jadeante dominaba el espacio. Por momentos resoplaba con ronquidos bruscos y breves que parecían estar a punto de despertarlo. Se diría que los cuadros de santos y santas colgados en las paredes circundantes miraban sorprendidos a los aburridos niños, algunos de los cuales también dormían con la cabeza apoyada en sus brazos cruzados, mientras yo rumiaba mi plan.

Finalmente, un día me decidí. Con mis bolsillos llenos con las flores artificiales que ornaban los sombreros de mi madre y mis tías, y que había arrancado previamente, me acerqué a Garabed aga mientras dormía y lo adorné con las flores como si fuera un difunto.

Los niños, tanto los chicos como las chicas, al principio intentaban que desistiera de mi audaz acción gesticulando a la distancia, pero luego empezaron a mirar con la respiración contenida. Reinaba un silencio sepulcral, hasta que terminé mi tarea y tronó una risa irrefrenable de un extremo a otro de la clase.

Garabed aga se despertó sobresaltado y al darse cuenta de que había sido blanco de burlas y humillaciones, fue presa de un furibundo ataque de ira. Él pensó que yo aludía a su frustrada ordenación como sacerdote y que lo había hecho aconsejada por alguien. A lo largo de tres días iba clamando sin cesar: «¿Es digno del sacerdocio?... No, no lo es».

La señora Negdar me encerró inmediatamente en la habitación que daba al jardín. Más tarde, había explicado a mis tías que lo había hecho para protegerme del ciego furor del marido.

Confinada en esa habitación, oía los bramidos de Garabed aga, los gemidos de los niños víctimas de sus bastonazos, el llanto de la señora Negdar y sus lastimeros lamentos. Luego, carreras precipitadas por las escaleras, gente que corría una detrás de otra, caídas... Creí que el mundo entero se derrumbaba, entonces abrí la ventana y, trepando en una rama de ciruelo que se alargaba hacia mí, bajé al jardín. El ciruelo estaba en flor y, agitados por mis sacudidas, iban cayendo al suelo pétalos fragantes y blancos como la nieve.

También recuerdo un gato amarillo que, con la cola tensa sobre la pared, me miraba con sus ojos verdes.

Ese día, Garabed aga había roto dos bastones sobre los muchachos, y uno, sobre su mujer.

Este hombre medio loco y paranoico tenía cerca de sesenta alumnos de ambos sexos, entre los que había chicos de hasta catorce años.

En una gran sala de la casa, que había transformado en una amplia aula, había dispuesto pupitres y asientos para los varones. Las chicas y los niños pequeños se sentaban en el suelo de madera, sobre cojines que traían de casa. Cada mañana rezábamos, de pie y con la mirada hacia el este. Ora nos arrodillábamos, ora nos poníamos de pie de acuerdo con las indicaciones y teníamos que tener nuestras manos medio abiertas sobre nuestros pechos como los mendigos que piden limosnas.

Después de estas oraciones, que duraban una hora, empezaba la clase. En la pared de enfrente había un gran tablón con el alfabeto armenio, cada letra separada del resto enmarcada por líneas negras. Garabed aga señalaba una letra con la punta de su bastón y llamaba por su nombre a uno de sus alumnos. Si el infeliz no conocía la letra, el ágil bastón del maestro giraba e iba a parar infalible a la cabeza del niño. Inseguros de sus conocimientos, los niños levantaban los brazos y defendían sus cabezas como si fueran un escudo antes incluso de contestar. Este gesto se había vuelto tan automático en algunos de ellos que cada vez que oían la voz de Garabed aga, así fuera de lejos o se dirigiera a otra persona, elevaban los brazos a la altura de la cabeza.

Yo ya conocía las letras y durante estas ceremonias me entregaba a toda clase de juegos y travesuras. Mi víctima principal era un niño gordito que se sentaba con las niñas llamado Karnig Zempaients. Desesperado por mis fechorías, gemía como un gato. Era primo de Bedros Turian. De mayor se hizo clérigo y yo lo reencontré muchos años después, cuando fue el arzobispo de Esmirna, bajo el nombre de Ghevont.

Después de las prácticas con el alfabeto, Garabed aga se ocupaba de las lecciones de los mayores. Los niños de ocho o nueve años leían el Evangelio, y los mayores, el Narek[29]. El maestro concedía especial atención al recitado y a la acentuación. Sin duda, él tenía una teoría sobre la lectura del armenio clásico, o la había recibido por tradición, y quería inculcarla en sus estudiantes. Daba golpes rítmicos en la mesa y marcaba la sílaba que debía acentuarse, alargándola para que sus alumnos retuvieran cuál era y no la olvidaran. A veces la lectura era colectiva y yo la escuchaba como si fuera un coro y seguía las cadencias de la entonación. Pero cuando leía Garabed aga, no alargaba las sílabas ni marcaba el ritmo en la mesa. Leía según sus propias reglas, con sabiduría y sentimiento. Fija en él mi atención, escuchaba embelesada la lectura del armenio clásico, que suscitaba en mí visiones con formas escultóricas. A veces, la mirada de Garabed se encontraba con la mía, y se emocionaba con mi enorme admiración y, después de la lectura, se acercaba a mí con pasos lentos, acariciaba mis cabellos o me levantaba la barbilla, mirándome con aire pensativo, y luego volvía a su rincón haciendo movimientos vacilantes y contenidos con sus manos.

Un día me llamó y me preguntó:

—¿Quieres leer el Evangelio?

—Sí —contesté.

—Dile a tu padre que te compre el libro.

---

[29] Se refiere al *Libro de las lamentaciones*, de Gregorio de Narek, teólogo, filósofo y poeta armenio del siglo X.

Mi padre se resistió y me informó sobre su decisión de enviarme a la escuela Surp Jach del barrio.

—Aún es pequeña —opinaban las tías.

Según ellas, en la escuela Surp Jach nunca hallaría los cuidados de la señora Negdar y además me contagiarían de piojos.

Aun con todo, Garabed aga empezó a enseñarme el armenio clásico y las reglas de la gramática con su propio ejemplar del Evangelio. Aprendí pronto a acentuar la sílaba correcta, y, siguiendo el movimiento de la mano del maestro, yo también golpeaba el atril con mi mano. De naturaleza inquieta, en las horas de clase me volvía dócil, como si estuviera bajo una influencia mágica. Arrodillada enfrente del sofá de Garabed aga y presa de un encantamiento infinito, recitaba acentuando y salmodiando levemente, y, complacida con mi propia voz, quería continuar así.

Pero a lo lejos el muecín convocaba a la oración del mediodía, y el reloj de la pared, cuyo círculo representaba un pueblo suizo, marcaba las doce. Sonaba la pequeña campana de Garabed aga y nos disponíamos a rezar.

Después de la comida volvíamos a rezar, así como antes de irnos por la tarde, y durante la Cuaresma pasábamos toda la tarde rezando y haciendo penitencia.

Había empezado a entender el armenio clásico y la poesía que contenían sus oraciones e himnos, que me cautivaban, así como la música, pero el sentimiento religioso no había echado raíces en mí. Ni la devoción de mi madre ni los interminables rezos a los que nos obligaba Garabed aga lograron inclinarme hacia la religión, ni siquiera de manera temporal.

EL ENCUENTRO CON EL MUNDO EXTERIOR

Después del episodio de la escuela de Garabed aga, fue imposible que la siguiera frecuentando. Urgía tomar una determinación.

Mi tía Makrig quería que fuera a la escuela de las monjas católicas para que aprendiera francés; mi abuela deseaba que nos apuntaran a mi hermana y a mí en la escuela Mezbourian, a la que concurrían las niñas de las familias acomodadas y ricas. En cuanto a mi tía Yeranig, consideraba que todo eso carecía de sentido.

—¿Acaso Pedro y Pablo fueron a la escuela? Y míralos ahora… —solía decir, y proponía colocar a la mayor como aprendiz de costurera y dejar por el momento en casa a la menor, una niña juiciosa y obediente.

Después de oír las opiniones de todos, mi padre anunció que para él todas las escuelas eran inaceptables a excepción de la del barrio.

—Sé que la escuela del barrio tiene muchos defectos —decía—, pero es la nuestra, la de nuestra comunidad.

Y fue así como un día nos llevaron a las dos a la escuela de Surp Jach, cuyos formularios de ingreso ya había pedido mi padre al director.

En aquel entonces yo tenía diez años y mi hermana, seis. Se resolvió que la pequeña no fuera al jardín de infancia, que estaba muy descuidado y al que llamaban «pocilga de infantes».

Una maestra joven y bonita nos cogió de las manos y nos llevó a la sala común de la sección de las chicas en la segunda planta, en donde estaban las alumnas de todas las clases.

De inmediato nos recibió el típico olor de las escuelas, mezcla de papel maché, tinta y polvo. La maestra nos condujo al sitio que se nos había asignado y sonriendo habló un rato con la celadora, una joven morena, gorda y de baja estatura.

Mi hermana Matilde y yo, no habituadas a los asientos escolares, nos pusimos de espaldas al escritorio y nos sentamos cómodamente, con las piernas colgando hacia afuera. De inmediato se oyeron carcajadas a nuestro alrededor, y la maestra que nos había traído interrumpió su conversación y nos colocó como correspondía.

Luego abrieron un libro y me lo dieron para que leyera. Yo ya leía con mucha fluidez. Cogí el libro y empecé a leer de viva voz, siguiendo el método que me había enseñado Garabed aga. Acentuaba la sílaba adecuada, la alargaba y marcaba el ritmo con la palma de la mano en el pupitre. La sala entera estalló en carcajadas. La celadora, de pie, con una mano daba incesantes golpes de regla en la mesa y con la otra hacía sonar la campana para calmar a la clase. Por el rabillo del ojo veía que las chicas mayores se cogían de la cintura y se doblaban alternativamente hacia la derecha y hacia la izquierda, muertas de risa. De entrada no caí en la cuenta de que ese alboroto y esas risas se debían a mi extravagante manera de leer. Pero cuando lo comprendí, sentí como si vertieran agua caliente sobre mi cabeza, seguido de una sensación de sudor frío. Matilde lloraba y yo miraba a toda la clase con odio y rencor.

En verdad, era la primera vez que entraba en contacto con el mundo exterior. Nunca, ni siquiera cuando iba a las clases de Garabed aga, me había separado de mi soporte, la casa familiar. Era la primera vez que, sin el amparo de los familiares, las dos hermanas habíamos sido arrojadas a un mundo desconocido y hostil.

La sala entera con sus filas de asientos, por encima de los cuales sobresalían innumerables cabecitas hacia nosotras, parecía un mar batido por las olas. Mi hermana seguía llorando con gemidos desgarradores y yo miraba a mi alrededor buscando un punto de apoyo al que me pudiera aferrar. Pero ni una mirada amistosa respondió a la mía. En ese momento, no sé qué fuerza me impulsó a subir sobre la silla y ponerme de pie. Con las manos en la espalda, miraba a mi alrededor, volviéndome para uno y otro lado. La celadora se me acercó. Me hizo sentarme y para alentarme me dijo que había leído muy bien, pero que no era necesario gritar ni acentuar las sílabas.

A mí me asignaron al tercer grado, y a mi hermana, al sexto. El hecho de estar familiarizada con la lectura del armenio clásico me valió respeto en la clase. Pronto llamé la atención en Historia y Geografía, no solo por mi potente memoria, sino también por mi capacidad para explicar lo que sabía y de resolver con habilidad las lagunas de la memoria. En general, atraía la atención de los maestros, que me consideraban una alumna muy capaz pero perezosa, ya que nunca cumplía con los trabajos escritos.

En los recreos, en la pausa del mediodía y a la salida de clase, me entregaba con desenfrenado ardor a los juegos. A menudo perdía mis libros y cuadernos, a veces incluso mi abrigo o mis galochas. Fuera en la escuela, fuera en casa, todos se quejaban de mí, me reprendían, castigaban e incluso me pegaban. Yo, que por la enfermedad y diversas circunstancias era una niña que había sido tratada siempre con delicadeza, me había vuelto una calamidad a la que no sabían cómo contener.

Ni mis maestros ni mi padre habían encontrado la manera de dirigir, dar un cauce a esa energía que crecía en mi interior, me espoleaba y a veces se manifestaba con violentas sensaciones que me impelían a hacer cosas aparentemente ilógicas.

Sin embargo, no puedo decir que haya sido una niña infeliz; en esas edades no tenía ni el concepto de lo que podía ser la infelicidad. Mi predisposición individual se enfrentaba a una enérgica oposición y yo luchaba sin pausa con el cuerpo y la mente. Nunca consideré que esa lucha estuviese por encima de mis fuerzas y no tenía ni la más mínima intención de claudicar. Luchaba contra la familia, contra la escuela, contra mis coetáneos, sin tregua, incesante. De tanto en tanto, obtenía una victoria provisional, pero la mayoría de las veces era derrotada. Pero esas derrotas no me amargaban ni preocupaban. Las digería, las neutralizaba, admitiendo sin dilación que había sido vencida y recomenzaba el combate. Ello me era indispensable para vivir, y así siguió siendo cuando crecí en todos los círculos de mi vida bajo diferentes condiciones y circunstancias.

LIBRO SEGUNDO

LA ESCUELA

En el año 1888 la escuela Surp Jach de Üsküdar estaba en proceso de reorganización. Había tenido épocas brillantes en el pasado. La señorita Zabel Jandjian, en el futuro la célebre poeta conocida como Sibil, se había graduado en Surp Jach. Vahram Torkomian y su hermano habían podido seguir estudios universitarios después de estudiar en el colegio. Todos consideraban que la escuela tenía el nivel suficiente para convertirse en un centro de enseñanza secundaria y preparar a las nuevas generaciones para afrontar con éxito las exigencias de la vida moderna.

Poco a poco, esa capa de la sociedad que asumía la dirección de los asuntos locales iba tomando conciencia de su rol. Comerciantes recién enriquecidos, que atraían tras ellos a propietarios de clase media, y los dueños de los comercios, que compartían intereses materiales con los primeros, habían conseguido la dimisión de la anterior comisión conservadora y clerical, «los señores de la cruz», y habían escogido como nuevos miembros a jóvenes ilustrados. Entre ellos, recuerdo muy bien a los efendi Ferhadian y Avker, educados en Europa, que supervisaban con entusiasmo la reorganización prevista de la escuela. El problema principal, y el más doloroso, era el del jardín de infancia, al que asistían niños menesterosos de entre cuatro y siete años. El jardín de infancia no era mixto, sino que cada sexo ocupaba estancias diferentes. Ambas secciones estaban desde antiguo bajo la tutela de una maestra y un eclesiástico, ambos ancianos, cuyo cometido se limitaba a mantener a los niños en silencio e inmóviles, y no vacilaban en recurrir a los golpes y en aterrorizarlos.

El jardín de infancia de las niñas ocupaba la gran sala de la primera planta de nuestra escuela. La atmósfera estaba impregnada del característico hedor propio de niños desatendidos y mal nutridos. Muchos de ellos dormían con sus cabezas apoyadas en los pupitres.

Allí enseñaban a leer y escribir a los niños prácticamente con los métodos de Garabed aga, sobre un alfabeto tradicional en cuya primera página había una cruz negra con una inscripción debajo que rezaba así: «Cruz, ayúdame».

Gracias a que yo había aprendido a leer prácticamente sola, ese alfabeto repugnante no me afectó, pero sé que era una pesadilla para los niños de entonces. Cuántas lágrimas ardientes se han derramado sobre sus páginas..., cuántos labios infantiles sollozando mientras deletreaban *p a: pa*; *p e: pe*...

Una compañera me contó que las letras mesrobianas[30], en ese jardín mugriento, a través de la niebla provocada por las lágrimas, se le aparecían como asquerosos animalejos y era tan grande su aversión que por la noche soñaba con ellos.

En las páginas siguientes las sílabas, distribuidas en dos columnas, formaban palabras sin sentido y, a medida que se avanzaba, se transformaban en palabras polisilábicas. En la última página las palabras, escritas con letras pequeñas, eran hexasilábicas: *khaghaghasiragan, phghshdatsiagan*[31], etcétera.

La regla de la vieja e irascible maestra caía sin piedad sobre los dedos infantiles, agrietados por el frío y morados por la falta de circulación. En lugar de cantos y alegre alga-

---

[30] Relativo a Mesrop Mashdots, creador del alfabeto armenio.

[31] Significan, respectivamente, 'amante de la paz' y 'relativo a los filisteos'.

rabía, desde la clase infantil se alzaban desolados llantos y jadeantes sollozos de niños abandonados.

Estos niños provenían de las clases «bajas» de Üsküdar y asistían a la escuela de manera prácticamente gratuita. Piojosos, enfermizos, medio hambrientos, estos niños desmañados estaban más expuestos a las penurias en los meses fríos y húmedos de otoño e invierno. Todavía tengo presentes a estos desdichados que, obligados a quitarse los zapatos embarrados, entraban a clase con los calcetines agujereados.

Finalmente, la nueva comisión logró poner fin a esta situación. Nombró a una joven maestra y una ayudante, y el jardín de infancia pasó a ser mixto.

La nueva maestra, Ashdjian, era una joven bonita, cuidadosa de su imagen, siempre con cuellos y puños blancos bordados a mano. Había escrito y editado un poema titulado *Rosas amarillas*, lo que le había procurado un aura de gloria. Ella me gustaba, y aunque no tenía relación alguna conmigo, en el descanso del mediodía iba deambulando a su alrededor. Un día me sonrió y yo quedé agradecida a su sonrisa. Tenía un carácter delicado y dulce y a menudo sacaba el lápiz y escribía algo en su cuaderno. Luego fijaba en un punto indefinido su mirada soñadora. Seguramente escribía nuevos poemas, pero no creo que haya publicado nada después de *Rosas amarillas*.

La sección de los mayores acogía chicas de hasta catorce años de diferentes estratos sociales. Algunas eran hijas de comerciantes, otras eran parientes de algún miembro del consejo vecinal o de la comisión. Había una treintena de alumnas subvencionadas que provenían de familias indigentes. La inmensa mayoría de las alumnas eran hijas de artesanos y pequeños comerciantes, hijas de *esnaf*[32] como se las llamaba, cuyas familias estaban más o menos acomodadas. Las hijas de los comerciantes eran orgullosas y despreciativas incluso con la maestra y los profesores, a los que consideraban empleados de sus familias. Las profesoras eran serviles con estas alumnas, les ponían notas altas, eran indulgentes y sonreían cuando cometían una falta, y nada de esto se nos escapaba.

Sin embargo, las estudiantes más capaces y exitosas eran las hijas de *esnaf*, y de sus filas emergían las muchachas temperamentales, que protestaban contra las injusticias, defendían a los débiles y organizaban movimientos de revuelta aun a riesgo de ponerse ellas mismas en peligro.

A los doce años ya conocía el mundo exterior a través del de la escuela, con sus contradicciones, sus luchas, sus incontables divisiones. La escuela era una réplica en miniatura de ese mundo de adultos que conocería en su momento. Cálculos mezquinos, vanidades, hipocresía, mentiras, egoísmo... Había alumnas allí que con tal de sacar una buena nota eran capaces de cualquier bajeza, las mismas que en el futuro habrían de recurrir a medios análogos para acumular bienes materiales. También las había indiferentes al beneficio y gloria personal que sufrían castigos sin quejarse y no acusaban a sus compañeras. Había también corazones generosos que podían ser magnánimos hasta el sacrificio según las circunstancias, pero que no eran constantes en su comportamiento. Otras eran dóciles y se sometían obedientes a las normas dictadas por las autoridades escolares y su comportamiento se adecuaba punto por punto a estas directrices; otras, por el contrario, preservaban a cualquier precio la independencia de sus opiniones.

---

[32] 'Artesano o pequeño comerciante'. En turco en el original.

Pero sobre todas las cosas, no nos pasaba desapercibida la diferencia en el trato entre ricos y pobres que dispensaban los funcionarios de la escuela, y ello encendía sentimientos de igualdad y justicia.

Evocando ese período de mi vida, revivo la consternación moral de alguien que está embarcado en una lucha desigual. Siempre despierta y preparada para defenderme, siempre en tensión, y a veces impelida por una sensación incontrolable que me empujaba a atacar sin medir las consecuencias futuras.

Un día, instigada por estos impulsos, me lancé contra nuestra maestra, que estaba golpeando con la regla los dedos ateridos por el frío de una pobre niñita. Las consecuencias podían ser muy graves, pero mi padre, a quien le había contado el «incalificable hecho», le había preguntado al director:

—¿Acaso preguntó por qué mi hija se lanzó contra la maestra?

Los castigos corporales estaban prohibidos por reglamento y en aras de su prestigio la escuela juzgó preferible archivar este asunto.

Pero el momento más difícil de soportar era el de la comida.

Cada alumna traía su comida; las pobres solían traer pan, algunas aceitunas, a veces solo pan duro, envuelto en pequeños hatillos, pero podía ocurrir que faltara incluso ese paquetito de pan duro. En cambio, a las ricas un sirviente les traía de casa grandes bandejas con dos o tres clases de comidas y dulces. La maestra solía estar invitada a compartir una de esas bandejas. Los hijos de artesanos, en cambio, tenían solo un plato principal y frutas de temporada. Guiragos, el conserje, se ocupaba de los que no tenían sirvientes. También había una bedel, una anciana con pinta de bruja que se alimentaba de las sobras de los cestos de los ricos y era quien calentaba la comida en el fuego. El olor de las viandas, y a veces el sabroso aroma del asado, impregnaban el refectorio. Los que tenían comida se sentaban delante de sus bandejas con impaciente apetito, mientras que los pobres se amontonaban en un rincón, lejos de los demás. A esta hora siempre me asaltaba una incomodidad indefinida. Observaba perpleja a mi hermana, que empezaba a comer, dotada de un poderoso apetito. En cambio, a mí, el olor seboso de las carnes grasientas me repugnaba. Ojalá me permitieran comerme un ácido limón como si fuera una naranja…

Era aún muy joven para ser capaz de juzgar las injusticias que se derivaban de estas desigualdades, pero me atormentaba un escrúpulo impreciso, y, sin duda, como consecuencia de una contradicción en mi naturaleza me enfurecía contra los pobres, que con su patético aspecto me inspiraban esas reacciones que habría manifestado impetuosamente si hubiera tenido ocasión.

Un día, a la hora de la merienda, una niña llamada Meline comía una cereza en el jardín. Acabábamos de entrar en la primavera y las cerezas aún eran poco frecuentes. Sentada frente a ella, una niña pobre miraba las cerezas con ojos de gato codicioso. Meline tenía las cerezas en una mano, y con la otra cogía el rabo de una, se la acercaba a la boca y mordía por un lado el suculento fruto. La niña que se sentaba delante movía sus labios ávidos como si estuviera comiendo y corría agua por su boca.

Esta escena me solivió y sin reprimirme me lancé con una agilidad propia de un salvaje, arrebaté las cerezas del puño de Meline y las lancé al otro lado del patio.

Nunca entendí por qué no fue Meline, sino la niña pobre, la que empezó a gemir y sollozar.

Ni los niños de mi edad ni los mayores entendían las conmociones de mi espíritu y la opinión generalizada era que yo era violenta y despiadada. Pero la opinión de los demás no me importaba, no por tener el suficiente entendimiento como para desdeñar ese parecer, sino porque estaba absolutamente entregada a mis, con frecuencia, inconscientes pulsiones internas. Pensaban que no tenía corazón y que era indiferente a los cuidados y cariño que me rodeaban, pero no se les ocurría pensar que estaba cansada y aburrida de esas atenciones constantes que mi infancia de criatura enfermiza me había acarreado. Yo quería algo bien diferente. Ojalá alguno se inclinara con dulzura sobre mi ánimo perturbado, y yo me confiaría por completo a esa persona.

Pensaban que era una criatura descarada, consentida, pero yo sufría lo indecible, aunque no lo expresara en absoluto. He padecido mucho también por ese sentimiento superfluo y cruel que llaman piedad, pero que puedo asegurar que es otra cosa. En ocasiones se me retorcían las tripas súbitamente por ese sentir penoso que, lejos de calmarme, me volvía violenta y agresiva al ataque.

Esa situación crecía en mi interior con proporciones monstruosas cuando dos veces al año se cosía ropa para los «gratuitos». Los «benefactores» ricos del barrio regalaban algunos rollos de tela a la escuela. «Se deshacen de sus sobras», decía mi tía Yeranig. En la escuela, en presencia de todos los alumnos, la maestra llamaba uno por uno a los «gratuitos» y los ponía en una lista. Luego, la profesora de corte y confección, la señora Philor —cómo odiaba con toda mi alma a esa mujer—, les tomaba las medidas y con la participación de las niñas mayores empezaba a coser la ropa en un aula transformada en taller.

Cada vez que llamaban a una niña en la sala grande para que fuera a probarse el vestido, mi corazón se oprimía angustiado y me parecía que sucedía algo terrible. Pero la mayoría de las chicas volvían con rostros sonrientes y satisfechos a la sala... Solo una vez una chica rechazó el vestido. Era una niña de apenas once años llamada Adrine, hija de un capitán de barco que había muerto dos años atrás. Era taciturna y solitaria. Un buen día dejó de venir a la escuela. Más tarde supimos que había muerto de neumonía.

En Pascua o Navidad, llevaban a la iglesia a las «gratuitas», en fila y todas vestidas igual, para que los benefactores vieran con sus propios ojos el resultado de su buena acción. En su sermón, el sacerdote ensalzaba los buenos sentimientos de los benefactores, dignos de un cristiano, y explicaba que Dios hacía depositarios de la riqueza a los elegidos y que esta pertenecía realmente a los pobres. Pero el sermón terminaba deseándoles carteras repletas y prósperos negocios.

Esos días las «gratuitas» parecían tomar consciencia de su insignificante condición. ¡Cuántas cabezas gachas habré visto en esas filas!, ¡cuántos ojos tristes y a veces miradas centelleantes de ira!, aunque en verdad estos últimos eran los menos. Y esos «benefactores» esperaban gratitud de esas infelices criaturas...

Afortunadamente, mi padre también manifestó su irritación y no perdía ocasión de decir que en ese punto la buena acción era en realidad un acto de maldad, puesto que con ello se pisoteaba la dignidad de esas pobres criaturas. Un día, mi padre invitó al director y habló con él, insistiendo en la necesidad de acabar con esa representación.

—Pero, Mgrdich aga —dijo el director—, las gratuitas no están desconformes; al contrario, están contentas porque así tienen ropa nueva.

—Peor aún —dijo mi padre.

El director era un joven originario de Adabazar, de cejas y bigote tupidos. Siempre con una sonrisa, era persuasivo y complaciente. Intentaba ganarse a los padres, pero en especial adulaba a los ricos. Decían de él que era jesuita. Era muy respetuoso con mi padre, porque su opinión tenía un peso sustancial en el barrio. Y a mí también me beneficiaba esa circunstancia. Cuando las maestras se quejaban de mí, lo cual sucedía a menudo, el director procuraba limar las asperezas o tapar el incidente.

En las clases de tercero, las clases de Lengua armenia y Gramática se centraban en el armenio clásico. Hacíamos traducciones de armenio clásico al armenio moderno y ejercicios de gramática. Las redacciones se hacían solo en armenio moderno. El maestro, un tal Deovletian, nos daba el tema de la redacción y explicaba cómo debíamos desarrollarlo. Algunas de las alumnas retenían en su memoria las palabras del maestro y lo reproducían de manera casi literal, mientras que otras, valiéndose de sus indicaciones, se se entregaban a esa supuesta sensibilidad literaria, que estaba muy bien considerada en la época. En este grupo estaban las que obtenían las mejores calificaciones. A la cola de la clase había cuatro alumnas, dos de las cuales eran incapaces de aprender o entender algo, y las otras dos indisciplinadas, o llegaban a escribir alguna cosa en apenas tres o cuatro líneas, o directamente no escribían nada. Yo pertenecía a este último grupo.

Recuerdo muy bien los temas de las redacciones: «Tormenta sobre el mar. Se hunde un barco. La agonía de los pasajeros». «Un soldado que va al campo de batalla le escribe a su padre. Describe la guerra y los sentimientos filiales del soldado». «Escribe sobre la lamentación de una joven que fallece tempranamente». «Un joven enfermo de tuberculosis se despide de la vida», etc. Estas redacciones entrenaban a las alumnas a practicar un falso romanticismo en sus escritos, llenos de «ah» y «oh», con descripciones estereotipadas de la naturaleza y rebosantes de superlativos. Nada de eso me seducía ni influía un ápice sobre mí. Incluso a veces la otra indisciplinada, Hranoush, y yo nos burlábamos abiertamente de los consejos del profesor y de la mejor alumna de la clase. A pesar de que a menudo pagábamos cara nuestra oposición a las «bellas letras» y nuestra ironía, seguíamos haciéndolo.

Hranoush tenía una fuerte personalidad. Su padre tenía un café en el mercado. Nos hicimos amigas íntimas desde el primer año que entré en la escuela Surp Khach. Tres años después reñí con ella por un serio motivo. Luego se casó con el hermano de la actriz Siranoush. Perdí su pista unos diez años después. Tras el armisticio[33], junto con los que huían del avance kemalista, emigró a Francia, y un día me vino a ver a mi casa de Viroflay, cerca de París.

Era la misma Hranoush de siempre, osada y prudente a la vez, independiente, desenfrenada. Hacía tiempo que había olvidado nuestra desavenencia y nos besamos con sincero cariño. Su marido había muerto y para poder darle estudios a su único hijo trabajaba en el barrio obrero de París, en la cocina de un restaurante. Le sugerí entrar en un sindicato. Seguía mis palabras con atención. Después de esto volví a perder su rastro.

---

[33] Se refiere al Armisticio de Mudros (1918), que marcó el final oficial de la Primera Guerra Mundial para el Imperio otomano. Como consecuencia de las imposiciones de los aliados, nació el Movimiento Nacional Turco, que desembocó en la creación de la actual República de Turquía.

Mi persistente oposición contra el régimen escolar no podía pasar inadvertida, y en casa y en la escuela me reprendían por ello. Habían pasado los tiempos en que a mi alrededor veía solo miradas sonrientes y oía palabras dulces y amorosas. Ya todos me miraban con rostros severos, me recriminaban y hacían los peores pronósticos sobre mi futuro. El único que no había perdido las esperanzas en mí era mi padre. Él no solo contestaba pacientemente a mis preguntas, contentando mi voraz curiosidad, sino que muchas veces me hablaba con seriedad y sensatez, como si yo fuera adulta.

Esas conversaciones solían tener lugar en el jardín. Caminando junto a los rosales y claveles, él me hablaba y me explicaba el mundo. Lo que retuve de aquella época fue que mi padre tenía un profundo sentimiento de respeto por la dignidad individual. Él soportaba lo que fuera, aceptaba con una paciencia rayana en la indiferencia las dificultades, ya fueran económicas o de cualquier otra índole, con tal de no comprometer su sentido de la dignidad. El orgullo interior de mi padre ejercía una gran impresión sobre mí. Ese sentimiento regía también su relación con los demás, porque mi padre respetaba con igual meticulosidad la dignidad de los demás y protestaba airadamente cuando alguien intentaba menoscabar el orgullo de un semejante. Él no hacía distinción entre los hombres. Ni la situación económica —especialmente la situación económica— ni el rango social ni la nacionalidad pesaban en sus opiniones sobre los demás. Para él, las personas que carecían de sentido de dignidad eran despreciables, «no eran personas». Esta era la clave de su moral, el principio de donde brotaba toda su concepción ética.

Nunca se traicionó a sí mismo, preservó su dignidad en medio de toda clase de adversidades y dificultades, nos la impuso a todos y llegó a la vejez con la cabeza bien alta, orgulloso e imperturbable, sin arrugas en el rostro y la mirada sonriente.

Las palabras de mi padre, que emanaban de sus principios morales, me proporcionaban una gran satisfacción. Sus consejos y explicaciones saciaban mi ardor juvenil y progresivamente conseguían poner orden y límite en el perturbado caos que había en mi interior, donde tenían lugar luchas internas, victorias y derrotas, que me lanzaban de un extremo a otro de emociones contradictorias. Pero bajo el influjo de las palabras de mi padre, la reconciliación llegaba a mi alma y gradualmente alcanzaba el equilibrio interior.

En el transcurso de mi vida, larga y rica en acontecimientos, hubo muchos que ejercieron su ascendiente en mí, incluso algunos lograron cambiar el rumbo de mi existencia, pero ninguna influencia fue tan fundamental y profunda como la de mi padre con sus palabras y su vida.

Cuando en los meses de invierno debíamos confinarnos en el interior de la casa y era imposible que pudiéramos estar solos, mi padre seguía ejerciendo su influencia benéfica, aprovechando cualquier suceso o acontecimiento. A veces hablaba de los años que había pasado en el Cáucaso. Relataba episodios de su viaje, describía los tipos humanos, las vestimentas, los hábitos de los habitantes de las montañas. Sobre el fuego, el agua borboteaba en la tetera, el delicado aroma del té se expandía en el aire y yo lo escuchaba maravillada:

—Tengo un deseo en la vida —decía mi padre, que jamás expresaba deseos en vano—. Me gustaría volver a ver Tiflis antes de morir.

—Vayamos, papá —decía con una leve esperanza en que ello fuera posible.

—Si un día vas a Tiflis —contestaba—, míralo con mis ojos.

Y en efecto, un día vi Tiflis, y mientras el carruaje pasaba por encima de un puente me pareció que no solo no era la primera vez que estaba en una ciudad desconocida, sino que estaba regresando a una conocida desde hacía mucho tiempo y deseada con la fuerza de la nostalgia.

Cuán fundamentalmente diferente era la vida real de cómo me la representaba bajo el influjo de las palabras de mi padre. Todo me laceraba y provocaba accesos de rabia. Empecé a desarrollar un desprecio consciente contra aquellos que estaban privados de las virtudes que preconizaba mi padre, especialmente en el caso de los maestros. Era como si hubiera un tribunal en mi interior, donde las personas y los hechos con los que me topaba se sometían a un juicio interminable y riguroso. Odiaba la hipocresía y la adulación, tan extendida entre la administración del colegio. Cuando un miembro de la comisión o un notable rico del barrio venía a la escuela, veía las sonrisas falsas y lisonjas de maestras y profesores para dirigirse a él. Oía palabras adecuadas a las circunstancias, que sabía que eran mentira, y padecía profundamente por ello. Y como no sabía cómo expresar estos tormentos, reaccionaba con una acción violenta, cuyo sentido nadie entendía, ni siquiera mi padre, pero cuyas consecuencias sobrellevaba sin quejarme.

A ORILLAS DEL MÁRMARA

Maltepe era una modesta población griega situada en la orilla asiática del Mármara y protegida por un pequeño y pacífico golfo. El clima era suave, la vida barata y sus playas, de arena fina. De pequeña me llevaban allí en verano por indicación del médico. Luego, cuando mi madre superó el terrible período de su enfermedad, el médico consideró convenientes los baños de mar también para ella.

Los pueblos alineados a lo largo de la línea de ferrocarril de Haydar Pasha hasta Izmit abastecían la capital con el *chavoush*, una variedad de uva de mesa de primera calidad, de fama mundial. La trasladaban a Constantinopla dentro de grandes cestas, en carros tirados por bueyes. Debido a la naturaleza del transporte, los pueblos cercanos a la capital estaban en ventaja respecto de los más alejados. La construcción del ferrocarril revirtió esta situación. Hasta Kartal, la tierra rojiza de esa ribera del Mármara solo era apta para el cultivo de la vid. Los poblados costeros más próximos a Constantinopla se habían transformado en centros turísticos, mientras que en Budandjek y Maltepe se había conseguido crear huertos gracias al arduo trabajo de los campesinos griegos nativos y de los refugiados de Rumelia.

En los primeros años, veraneaban en Maltepe dos o tres familias armenias de artesanos, herreros y trabajadores del *yazma*. Bastante lejos de la costa había también algunas villas propiedad de funcionarios turcos, que permanecían cerradas prácticamente durante todo el año.

Sin embargo, la fama de Maltepe fue creciendo poco a poco. Gracias a sus condiciones climáticas y a las finas arenas de sus playas, se convirtió en un selecto centro de convalecencia para jóvenes anémicos y de constitución débil. Cerca de la estación abrieron un gran casino y un lujoso hotel a orillas del mar. Se estableció una línea de *ferry* con las islas Príncipe, de donde los veraneantes pasaban a Maltepe y de allí al ferrocarril, acelerando así la comunicación con la capital.

Maltepe, ese pueblo simple y sencillo, había sido el paraíso terrenal en mi infancia. Todos los años, en primavera, la esperanza de trasladarnos allí me tenía sumida en una anhelante impaciencia. Soñaba con esa felicidad todo el invierno, soñaba con el mar y los innumerables placeres que brinda a los niños. Me sorprendía cuando los mayores decían con desdén «¿Qué hay en Maltepe?», porque para mí contenía un sinfín de maravillas. Recordaba los campos, las zonas de pasto, los establos, el olor denso y recio que exhalaban los bueyes por sus hocicos, incluso el del estiércol y la paja. Recordaba la casa de Kokona, donde alquilábamos habitaciones; a su hijo, el pastor Yorgos, y las escapadas que hacíamos hacia lejanas praderas en las laderas de las montañas; recordaba nuestros temerarios paseos por los acueductos romanos medio en ruinas, y cómo saltábamos para sortear las partes destruidas. Recordaba los huertos de los albaneses y los dogos, que estaban familiarizados con nosotros, y cuyas cabezas peludas y oscuras no alcanzaba a abrazar con mis cortos brazos, y cuyos broncos ladridos aterrorizaban a los fortuitos transeúntes. Recordaba los paseos con la familia por las praderas de las montañas, donde coincidíamos con los pastores del pueblo, que nos obsequiaban con pequeños cestos en forma de cono con bayas de madroño, fruto insípido para los mayores, pero para mí salvaje y jugosa fruta celestial, de vivo color rojo; a lo lejos se hallaban los santuarios griegos, que en señaladas celebraciones visitaban hombres y mujeres que venían de todas partes, griegos y griegos ortodoxos, rumelianos, albaneses, serbios, bosnios, jardineros de Epiro, viticultores, y todos, ataviados con sus vestimentas características, cantaban y bailaban en grupo o solos, acompañados por un caramillo.

Estas evocaciones me hacían revivir esos veranos, de los que hablaba sin cesar, hasta que me daba cuenta de que no lograba contagiar mi entusiasmo a los demás. Entonces callaba, triste, pero fue así como tomé la costumbre de escribir sobre esas imágenes y sentimientos contenidos.

Como el verano aún estaba lejos, evocaba Maltepe con júbilo y felicidad, pero a medida que avanzaba la primavera, la ansiedad se iba apoderando de mí porque cada año, mi padre, condenado a las sempiternas dificultades económicas, vacilaba en tomar una decisión al respecto.

Y finalmente la solución venía de manos del tío Artin, que conseguía prestada de uno de sus conocidos una carreta tirada por caballos. Cargaban el equipaje, mi tía Yughaper se acomodaba en un rincón acondicionado para ella y Artin guiaba el carro. Al anochecer, él volvía solo revelándonos que ya habían alquilado habitaciones en la casa de Kokona. A él no le gustaba el pueblo y se burlaba de nuestros gustos.

—¿Qué le veis a este pueblo? —preguntaba.

Como señal de agradecimiento por las molestias que se había tomado, la tía Yeranig le decía:

—Tío, ven un día tú también a Maltepe.

Él exclamaba:

—Soy un hombre de ciudad. Estos campesinos rudos no me entusiasman para nada.

Entonces ya nos podíamos poner en marcha. Pero las dificultades de mi padre eran tan grandes que a veces tardábamos una semana en llevar a cabo nuestros planes. La impaciencia y la alegría me provocaban fiebre. La familia se inquietaba y mi padre ponía sus frescas manos en mi frente y me tomaba el pulso con dedos vacilantes, que delataban su preocupación.

En general, mi padre se unía a nosotros desde el primer día. Íbamos en un coche a Haydar Pasha, donde cogíamos el tren. La primera vez que vi una locomotora me pareció de proporciones gigantescas.

Conocía de antemano las estaciones por las que pasaríamos. Cuando veía el mar extendido delante de nosotros y los rayos centelleantes del sol, mi alma temblaba de emoción. Las mujeres se quejaban del calor, la sed, se aburrían sentadas sin nada que hacer y yo me iba sintiendo cada vez más alejada y ajena a mis familiares. Pero mi padre entendía mis sentimientos y se hacía eco de todos mis interrogantes e impresiones.

El último año que fuimos a Maltepe tenía catorce años y acababa de graduarme. Los entretenimientos y juegos de los años anteriores ya no me seducían de la misma manera. Los campesinos griegos de mi edad también habían cambiado y los vínculos que había entre nosotros se habían quebrado.

Incluso Yorgos, que me llevaba tres años, evitaba hablar conmigo y cuando nos encontrábamos delante del establo cercano a la casa se metía dentro y se escondía. Cuando paseaba sola y un joven campesino corría hacia mí, recordando nuestros juegos desenfrenados, algún otro que pasaba por allí lo reprendía y le pedía que me tratara con respeto.

Ya no era una niña. El mundo había cambiado para mí. Mis ojos observaban a los que me rodeaban y la naturaleza de una manera diferente. El mar ya no era una extensión ilimitada de agua en cuya orilla jugábamos medio desnudos con los guijarros, sino una ondulante superficie azul cuyo fondo moldeaba mis imprecisos sueños y mis anhelos, más imprecisos aún.

Mis ojos se habían entristecido, mi fisonomía se había suavizado y si un joven campesino al pasar junto a mí me dirigía un cumplido en griego me ruborizaba contra mi voluntad.

A veces mi mente se quedaba fijada en las impresiones que había experimentado en la escuela, pero estas se iban disipando como la niebla.

La naturaleza, en toda su inmensidad, me acogió en su seno desvelando mis instintos con el suave murmullo del mar, la dulce caricia de la brisa y la visión azulada de las lejanas montañas.

Este ensimismamiento estaba propiciado también por mi salud, que había vuelto a resultar preocupante. Los míos habían empezado a temblar otra vez por todo y sus cuidados y consejos me hacían sentir que el camino de mi vida estaba amenazado por el peligro.

A veces, sentada en una roca a orillas del mar, con mis ojos fijos en su azul turquesa, pensaba con pesadumbre que quizás habría de renunciar pronto a este mundo de luz. La muerte se me representaba como un enemigo traidor contra el que hay que luchar con todos los medios. Me había traído los poemas de Turian y los leía y releía sin cesar, asumiendo gradualmente la psicología de un joven que muere tempranamente.

Cuántos jóvenes de ambos sexos en nuestro poético Üsküdar[34] habían muerto y abrazado la tierra después de haber cantado hasta el último aliento su tormento desesperado. Habían dejado poemas inéditos que sus amigos y familiares se transmitían entre ellos. Algunos de estos acongojados jóvenes, muertos prematuramente, en cuyas sencillas

---

[34] Se refiere a Bedros Turian (1851-1872), poeta armenio de Üsküdar, muerto a temprana edad a causa de la tuberculosis.

tumbas son tan próximas las fechas de nacimiento y muerte, habían cantado su último poema sin saberlo y habían cerrado sus ojos con la mirada puesta en un suntuoso crepúsculo. ¿Tal vez sería yo una de esos predestinados? Y sola, recogida en mí misma, llevaba esa carga opresora, cuyo peso había sentido de repente tras los exámenes finales, cuando después de que cerrara la escuela me había sentido sola y agotada. Y en Maltepe, en medio de la vida ociosa y contemplativa a la que estaba constreñida, de golpe el peligro que me amenazaba adquiría un contorno preciso.

Cada noche, de manera sutil, pero con obstinación, la fiebre entraba furtivamente en mis venas, el insomnio minaba mis fuerzas y solo por la mañana me hundía en un sueño profundo, interrumpido por los ruidos de afuera, los sonidos propios de la vida campestre: el canto agudo de los gallos, el mugido de los bueyes, los chillidos de Kokona para despertar a Yorgos, y otra vez el sueño pesado entre los efluvios del sudor.

Oh, impía belleza de la impenetrable naturaleza, ante la cual mi reciente juventud es una mera sombra pasajera. Cuando acostada boca arriba observo la bóveda del cielo y las blancas nubes ligeras que lo adornan como si fueran de blonda, pienso intensamente que yo naufragaré en él. No creo en la vida después de la muerte y los sentimientos religiosos están desterrados de una vez y para siempre de mi pensamiento, y ello es consolador. No hay espanto en mí, sino una especie de frustración y también la voluntad de vencer a la muerte, y en lugar de transitar el camino que abrió el renombrado poeta de Üsküdar con sus endebles pasos, yo escribo mi poema en prosa, de acuerdo con mi personal naturaleza.

«Oh muerte, que naciste conmigo, y eres mi hermano gemelo, quiero conocerte y mirar tus ojos con una mirada directa.

No me amenaces como si fueras un azote desconocido, tú estás porque estoy yo, y sin mí tú eres una vana sombra, un ridículo espantajo».

El poema acababa con una ofensiva contra la muerte: «Yo te venceré incluso en el instante de mi muerte...».

Ese año los días espléndidos y soleados del verano duraron hasta los finales de otoño. Desde las primeras horas del amanecer hasta la caída del sol, el resplandeciente cielo azul se arqueaba sobre los campos estériles y el mar azul. Superadas las ardientes horas del mediodía, se percibía cierto movimiento de aire, y los escasos veraneantes, los «huéspedes», salían de sus casas, que habían estado con los postigos cerrados. Algunos se dirigían a una colina, en donde un cedro solitario extendía sus largas ramas delante de un palacio antiguo y abandonado. Otros bajaban a orillas del mar, con la esperanza de encontrar un poco de aire fresco.

En los huertos próximos o lejanos, los pozos artesianos empezaban a chirriar y se iban oyendo los prolongados mugidos de los animales que volvían al establo.

Al pasar por las calles del pueblo, nos llegaba el perfume acre del mosto, de la uva prensada en el proceso de fermentación, mientras que las viejas y laboriosas aldeanas tejían calcetines con gran empeño y charlaban sin cesar.

Y desde el final de cada calle se veía el destello azul turquesa del Mármara. Solía ser un mar calmo y la superficie del agua era prácticamente lisa. A determinadas hora, cuando el tiempo lo permitía, se vislumbraba la orilla europea y enseguida se disipaba detrás de una bruma luminosa. Pero el principal ornamento del Mármara lo formaban las islas Príncipe con su siempre mudable apariencia. A primera hora de la mañana, adquirían una etérea ligereza, se diría que flotaban como plumas en las frescas aguas. A medida que el día avanzaba, se fortalecían, se perfilaban sus siluetas y al mediodía se ufanaban en su belleza como magníficos y lozanos ramilletes. Al atardecer, encendidas con los reflejos del ocaso, fusionándose o disociándose alternativamente de las incandescentes nubes del cielo, parecían entrar en batalla con fuerzas invisibles. En el transcurso de nuestro paseo a orillas del mar, de un punto a otro de nuestro puesto de observación, ya se apiñaban, ya se alejaban entre ellas, como las naves alineadas en hilera con las proas orientadas hacia destinos sin retorno.

En las noches estrelladas, anclaban en sus sitios y se encendían innumerables luces a lo largo de la costa. A veces, una nave blanca se desprendía de ellas y una canción de amor griega vibraba en el aire acercándose lentamente. A medianoche, oscuras y sólidas, las islas se elevaban como murallas y parecían estar meditando en su solitaria existencia. Los rayos plateados de la luna caían como gotas de lluvia sobre el mar y las crestas de las olas refulgían con parpadeos de nácar.

En esa época, los trenes no transitaban aún entre las islas y la orilla asiática. Solo los pescadores se acercaban a las riberas desiertas de una u otra isla y volvían con sus redes colmadas de salmonetes, sardinas y otros pequeños pescados plateados.

FAYIZE

El mismo año, en el mes de agosto, se alquiló la casa vecina a la nuestra. Kokona, cuando ordeñaba con sus manos veloces y rítmicas las vacas que habían vuelto de pastar, informó a mi tía de que las nuevas inquilinas eran turcas.

Llegaron unos días después. Eran dos personas, una mujer mayor y una muchacha de apenas quince años llamada Faize.

Faize había perdido a su padre hacía un año a causa de la tuberculosis y su madre se había vuelto a casar. Era una chica delgada y pálida, con negros ojos soñadores y finas cejas que se unían con un leve vello. Desde el primer día nuestras miradas se cruzaron con mutuo interés y enseguida encontramos ocasión para conocernos.

La señora mayor era su abuela. Día y noche, protestaba sin cesar por su mala suerte, que la había obligado a venir a parar a Maltepe a causa de la nieta. Se quejaba del calor, de los mosquitos y de los olores que desprendía el establo contiguo.

Por las noches, cuando soplaba la fresca brisa por el lado de Ghaish Dagh, la abuela de Faiza se sentaba en un asiento apoyado en la pared, junto a Kokona, y le contaba sus cuitas. Kokona tejía sin interrumpirse y la anciana turca fumaba sin cesar.

Delgada y casi consumida, Kokona a veces se levantaba sobresaltada y echaba a gritos a los pájaros que picoteaban las semillas cocidas que había extendido en un mantel para que se secaran.

Faize y yo nos sentábamos en silencio al lado de las dos charlatanas, mirándonos como si nos examináramos. Faize llevaba la cabeza cubierta con un velo blanco, con bordados alrededor de la frente. Un día me regaló uno similar para que pudiéramos pasear juntas a orillas del mar.

A partir de ese día, íbamos a los viñedos y a los jardines, a los campos, donde los campesinos trillaban el trigo, nos sentábamos y dábamos la vuelta alrededor de los fardos de trigo en medio de un sol abrasador. Luego íbamos a los olivares, en los confines del pueblo, donde un pequeño arroyo fluía hacia el mar. Charlábamos hasta tarde sentadas bajo un olivo. Faize siempre estaba conmovida. Hablaba con emoción sobre todo, especialmente sobre la segunda boda de su madre, que le había causado una profunda aflicción.

Faize cuidaba esmeradamente su belleza, su suave piel, con qué complementos acompañar su atuendo y ese estilo de cosas. Solía mirarse en un pequeño espejo sonriendo satisfecha de su imagen.

Por la noche, ambas sentimos la presencia de un extraño. Nos pusimos de pie y al girarnos vimos a un joven moreno descalzo que, con el fez bajado hasta las cejas, nos observaba con ojos feroces. Llevaba en la mano una rama recién cortada de un árbol con la que, de tanto en tanto, golpeaba el tronco de un olivo.

Estábamos en un lugar solitario, bastante lejos del pueblo. Por primera vez se apoderó de mí un auténtico pavor. El hombre se acercó a nosotras a paso lento y nos preguntó la hora en turco. En ese momento, Faize le ordenó al hombre que se detuviera. Él obedeció y nosotras nos alejamos apresuradamente. Cuando llegamos a la costa, empezamos a correr sin mirar atrás y llegamos sin aliento a las primeras casas del pueblo.

Los niños griegos jugaban aquí y allá. Las barcas de pescadores flotaban suavemente en sus posiciones, amarradas a los postes de las dársenas. Por todas partes se oía el familiar dialecto griego. En ese momento nos detuvimos y nos sentamos para recobrar el aliento. Yo miraba maravillada a Faize, que dijo con voz ahogada:

—Quería violarnos.

—¿Era turco? —pregunté.

—Desde luego —contestó Faize con la voz entrecortada—. Ningún *raya* —así se denominaba a los súbditos cristianos del Imperio otomano— se atrevería a acercarse a una turca.

Decidimos no ir más a sitios solitarios y ocultar lo sucedido a nuestros padres para que no prohibieran nuestros paseos.

Nahad bei, el tío de Faize, venía a Maltepe con frecuencia para vigilar de cerca la salud de la hija de su hermana. Era un joven moreno de apenas treinta años, cuyos ojos expresaban una honda aflicción desde detrás de las gafas. Hablaba suavemente y se comportaba con extrema educación con todos sin distinción. Faiza lo quería mucho y solía hablarme de él. Nosotras sabíamos de antemano los días y hora de su llegada, e íbamos a recibirlo a la estación. Cuando vislumbrábamos sus gafas entre la gente que bajaba del tren, corríamos alegres hacia él. Nahad bei nos sonreía y, llevándose la delgada mano al fez, nos saludaba respetuosamente. Luego se alejaba con cualquier excusa de nosotras y nos recomendaba volver a casa sin esperarlo por el camino. Nosotras obedecíamos a disgusto, pero un día yo protesté.

El joven médico se volvió de súbito hacia mí, suspiró profundamente y dijo:

—Entonces, pequeña señorita, ¿se alegra verdaderamente al verme?

Me ruboricé contra mi voluntad y me apresuré a regresar a casa con Faize. Cuando llegamos, ella puso su mano en mi cintura, me apretó contra su pecho y me besó emocionada.

Una mañana temprano habíamos ido a la playa a observar el regreso de las barcas de pescadores. Acostadas en la limpia arena, pregunté a Faize:

—¿Qué opina tu tío sobre los infortunios que están padeciendo los armenios de Anatolia?

Faize se estremeció y me observó en silencio durante unos instantes. Hasta ese momento no habíamos cambiado palabra sobre este tema. Bruscamente, me espetó con acento de reproche:

—Mi tío es una persona noble…

Yo me conformaba con esa vaga respuesta, pero la emoción de Faize iba en aumento y, sin poder reprimirse, me susurró con ojos llorosos:

—El hermano del médico, mi tío mayor, está exiliado… A mi tío le complace que nosotras nos llevemos bien. Me dijo que así debía ser y me habló de los padecimientos de los armenios de Anatolia. Él considera que nosotros tenemos un enemigo común.

Sacudió la cabeza y volvió a repetir:

—Mi tío es una persona noble…

Por la noche agucé el oído atenta a la verborrea de Salihe, la abuela de Faize, que les contaba a Kokona o a mis tías cualquier cosa que le pasara por la cabeza.

Su hijo, el padre de Faize, como consecuencia de un «error», porque «él no era de esa clase de hombres», había sido desterrado a Sinope por motivos políticos y había contraído «esa enfermedad». Durante años se habían arrastrado de puerta en puerta, suplicado a quien fuera, importante o no, y finalmente consiguieron su liberación. Pero el padre de Faize se había vuelto irreconocible tanto física como moralmente y había muerto hacía un año, consumido por la cólera hasta el último aliento.

Una noche, finalmente, Nahad bei y mi padre se encontraron, lo cual yo deseaba con todas mis fuerzas.

El médico turco habló con total confianza con mi padre contra el enemigo común, la tiranía del sultanato y describió cómo los jóvenes turcos de las provincias e incluso de la propia capital estaban sometidos a implacables persecuciones. Un sinnúmero de estudiantes había sido víctima y sobre la cabeza de otro tanto pendían amenazas. Por todas partes pululaban espías, incluso dentro de las casas. Un hermano no podía fiarse de su hermano… Solo con una simple sospecha, los arrestados desaparecían sin rastro. Llenaban los trenes con desterrados y los lanzaban en el mar abierto de Saray Burnu para que la corriente los hiciera desaparecer.

El médico turco se entristecía más aún contando todo esto y al mismo tiempo suspiraba:

—Pobres de nosotros, pobres…

Comprendí que mi padre conocía estos hechos y escuchaba con seriedad. A veces preguntaba por algún detalle, a lo que el médico respondía a conciencia. Yo esperaba que mi padre preguntara también sobre los acontecimientos en torno a los armenios de Anatolia, pero guardaba silencio. Finalmente, el médico mencionó espontáneamente esos sucesos.

—Sin duda está al tanto —le decía a mi padre—, de las cosas que están ocurriendo en las localidades pobladas por armenios. ¡Cuántos abusos!, ¡cuánta corrupción!, pero los campesinos turcos sufren también las mismas vejaciones impías de los tiranos. En definitiva, la cuestión es esta: debemos unirnos y sumando nuestras fuerzas derribaremos la tiranía.

Mi padre escuchaba en silencio.

El médico, que en cierta medida se sentía defraudado por el silencio de mi padre, cambió de tema y se refirió a mi salud y a la de Faize. Según su parecer, ambas padecíamos de anemia persistente. El médico era optimista. En su opinión, debíamos ganar tiempo.

—A medida que pasen los años el peligro se va alejando —dijo—, si las condiciones ambientales son buenas.

Y volviéndose hacia mí:

—¿Le gustan los paseos en barca en el mar?

Ese era mi sueño desde hacía mucho tiempo y le sonreí con agradecimiento.

Una vez más sus oscuros ojos se clavaron en mí. Suspiró hondamente y dirigiéndose a mi padre le dijo:

—Me pregunto cuándo se derribarán las murallas alzadas entre ustedes y nosotros.

Mi padre volvió a quedarse en silencio.

LA BARCA

Kokona encontró un barquero griego digno de confianza y alquilamos la barca para Faize y para mí. Todo se organizó como si estuviéramos en un sueño encantador.

Al atardecer fuimos las dos a la playa, con nuestros blancos velos cubriéndonos la cabeza. Oíamos el movimiento rítmico del mar como si fuera una melodía infinita. Las olas llegaban a nuestros pies y se desvanecían en la espuma entre susurros.

A veces se levantaba bruscamente el viento, nos dejaba sin aliento y arrastraba jirones de espuma, como si fueran un encaje desgarrado, hasta las esquirlas de conchas marinas. Las barcas de pescadores que aún no habían salido o las de los que acababan de llegar se ponían en movimiento en las dársenas de madera y se mecían por un momento en sus sitios.

Después el mar se inmovilizaba. Entonces, nos dirigíamos hacia nuestra barca y nos sentábamos una al lado de la otra en el asiento de terciopelo rojo. En ese momento, Anastas, el barquero griego, con la camisa arremangada, movía los remos y la barca comenzaba a moverse suavemente.

El sol se ponía y la barca iba y venía a lo largo de la orilla. A veces el barquero perturbaba nuestro silencio ensimismado y comenzaba a hablar de sus preocupaciones. Había comprado la embarcación a crédito y esperaba recibir, además del precio estipulado del alquiler, algún regalo extra. Su objetivo era vender esa barca y comprar una más grande con la que poder hacer el trayecto regular entre las islas y la costa asiática. Y, una vez alcanzada su meta, tenía en mente casarse.

Una tarde vimos otra barca en el mar. Era especialmente bonita, y su barquero llevaba la indumentaria griega tradicional. El pasajero era un joven enfermo, demacrado en grado sumo. Las finas cejas, que se elevaban sobre su frente pálida, le daban una expresión de irritación a su rostro. Pero desde el primer encuentro el joven nos miró y sus labios esbozaron una débil sonrisa.

Ambas barcas navegaron hasta muy tarde y finalmente amarraron en dos dársenas diferentes.

Al día siguiente coincidimos otra vez con el joven enfermo. Nos miró complacido con sus enormes ojos. Luego, las barcas se separaron en direcciones opuestas, pero mirando para atrás vimos que también el muchacho se había dado la vuelta y nos sonreía. Faize suspiró y repentinamente la sonrisa se le heló en los labios.

El sol estaba a punto de ponerse y la incandescente bóveda del cielo se derramaba como una lluvia de oro sobre el mar. La brisa suave del sur henchía el mar y las olas, al ensancharse, parecían abrazar la barca para luego levantarla. Una leve sensación de vértigo nos mareaba, como si estuviéramos bebidas.

De pronto noté que Faize estaba más pálida que de costumbre. Temblaba haciendo rechinar los dientes.

Recuerdo los días de congoja y las crisis nocturnas. Faize padecía de inflamación de pulmones. Se curó y se levantó de la cama, pero Nahad bei movía la cabeza vacilante y le decía a mi padre que esa enfermedad era como una puñalada para la infeliz muchacha.

Faize fue volviéndose lánguida y ligera como una pluma. Con la cabeza cubierta con el velo blanco parecía una visión lejana e irreal. Su belleza había llegado a su fin para ser la belleza de un ser cercano que ya ha roto sus lazos con el mundo.

«Si habla, dirías que está a punto de desmayarse...»[35].

Una noche, la cabeza sobre la blanca almohada, Faize me habló sobre el joven desconocido y me rogó que fuera sola a pasear con la barca y así restablecer la comunicación.

Y yo, sentada sola en el asiento de terciopelo rojo, cumplí con tristeza el encargo de Faize, pero la otra barca no apareció. El joven desconocido, que había conmovido nuestros corazones, había desaparecido sin retorno de nuestro horizonte. En vano mi barca iba y venía delante de Maltepe...

De pronto, me dominó una pesada tristeza: también yo me iría y desaparecería sin retorno y mi barca ya no arribaría a ninguna costa... Y para acunar mi dolor por las noches cantaba mentalmente... No era canto en realidad, era una especie de ritmo al que mis pensamientos daban un balanceo armonioso. Dos años después, rememorando ese instante, escribí el poema en prosa *La barca*. Se editó y reeditó unas cuantas veces. Se tradujo al francés y se publicó en una revista editada por René Ghil. Nadie supo que ese poema me había sido inspirado por un joven enfermo llamado Shahabed, muerto de golpe vomitando sangre durante uno de los paseos en barca y quizás buscando a esas dos chicas tocadas con velos blancos con las que había intercambiado una pálida sonrisa en el prodigioso instante del ocaso.

---

[35] Verso del poema *La turca*, de Bedros Turian.

LA TUMBA DE TURIAN

Me había entregado con entusiasmo ilimitado a la lectura. Cuando por primera vez leí un libro en francés del que pude entender prácticamente todo hasta el final, se abrió un nuevo horizonte delante de mí.

Después de graduarme, corté con toda esa gente que nos mantenían en un estado de agitación. Había entrado en un período de recogimiento. Me sentía cansada, como si hubiera salido de una enfermedad. Por otra parte, el Gobierno parecía haber suavizado su intransigencia. Como resultado de la amnistía general, muchos presos habían vuelto a sus casas, no había nuevas detenciones y la propaganda estatal se había debilitado en cierta medida. Obviamente había adoptado una forma diferente, pero yo por el momento estaba lejos de la esfera de su influencia.

Me aislaba durante horas en mi habitación y leía. Empezaron a preocuparme otros interrogantes y problemas. En primer lugar, la situación de mis condiscípulas y de otras amigas, que estaban en conflicto no solo con las normas sociales vigentes, sino también con sus familias, sus progenitores, y, principalmente, con sus padres.

Estas jóvenes no podían salir solas, y a algunas de ellas las obligaban a casarse con hombres que les despertaban sentimientos de odio o desdén.

No podían vestirse como querían, ni comportarse como consideraran conveniente. En definitiva, estaban privadas de las más elementales libertades y presentían que tarde o temprano quedarían atrapadas en las redes familiares, de donde habían anhelado salir para llevar una nueva vida.

En esos días llegaron nuevos inquilinos a la casa de al lado. Guardaban luto y su hijo, Mihran, cuya hermana acababa de morir, había llamado mi atención porque según mis tías tenía un parecido sorprendente con Bedros Turian. Pronto encontramos la manera de entablar amistad. Nos intercambiábamos los libros y comentábamos nuestras lecturas. Nuestros encuentros tenían lugar en el balcón que daba al jardín, dividido por una cerca. Mihran consideraba que los poemas de Turian eran incomparables y a veces los recitaba con emoción y yo miraba sus arqueadas cejas en su pálida frente pensando en Turian. Una tarde, cuando me devolvió un libro con gesto vacilante, supuse que ocurría algo inhabitual y encontré una carta de amor en el libro.

Nuestro amor juvenil consistía en encontrarnos en el balcón, separados por la valla, hablar de poesía y recibir ramos de jazmín. En una ocasión le había dicho que era mi flor preferida.

Y un buen día tomé la iniciativa de organizar una visita a la tumba de Turian.

El pobre muchacho no se atrevió a negarse, pero sin duda consideraba que era un acto temerario citarse con una chica fuera de la casa. Al atardecer, a la hora señalada, encontré a Mihran tembloroso en la puerta del cementerio. Intenté adoptar un aire de indiferencia hablando de esto y aquello, pero me percaté de que no conseguía disipar la preocupación del atribulado joven.

Comenzamos a caminar en silencio. Cuando llegamos a la tumba de Turian no había nadie más. Mihran estaba tan pálido que temí por su salud. Le cogí suavemente la mano y se la apreté para protegerlo de su debilidad. Luego me olvidé de todo, completamente absorbida por la memoria del poeta. Un profundo sentimiento se apoderó de mí. En el poemario *Los crepúsculos de Üsküdar* he intentado expresar mis impresiones de ese día. El magnífico atardecer con sus rayos ardientes enmarcaba la emoción que nos embargaba en ese momento. Un pájaro cantaba con desespero desde la larga rama de un tilo.

Parecía que las losas sepulcrales y los frondosos árboles que las protegían nos observaran asombrados. Paulatinamente empezaron a llegar otros jóvenes y después de los titubeos de los primeros instantes nació una comunión entre nosotros. De pie, todos delante de la tumba del poeta prematuramente fallecido, embargados de idéntica actitud, nos sumergimos en nuestros pensamientos y ensoñaciones. En lo sucesivo visité a menudo la tumba de Turian, y siempre encontré allí jóvenes, solos o en grupo. Esa tumba fue un lugar de peregrinaje para los jóvenes de mi generación y de la siguiente.

Ese anochecer, en el cementerio de Üsküdar, habíamos alcanzado la cima de nuestro descolorido amor, al menos en lo que a mí respecta.

Continuamos intercambiándonos libros en el balcón, Mihran continuó trayéndome jazmines, pero yo ya intentaba poner punto final con suavidad a sus transportes amorosos, que consideraba inoportunos y con frecuencia ridículos.

Ya había pagado mi tributo al sentimentalismo constantinopolitano y nunca más me vi afectada por él.

En aquellos días, llamaron mi atención dos amigas que estaban en conflicto con sus familias. Ambas me llevaban tres o cuatro años, pero se encontraban conmigo con frecuencia para lamentarse amargamente de su suerte y decidir cómo iban a enarbolar las banderas de la rebelión. Una de ellas, Eugeni, volvía cabizbaja cada noche a su casa como un cordero que entra en el redil y se sometía sin quejarse a los estallidos de ira de su despótico padre. La otra, Verkine, que años después se casó con el escritor Diran Chrakian, conocido por el pseudónimo de Indra, era más contestataria y recurría a medios insólitos para afirmar su independencia. Se había cortado el pelo —lo cual era harto inusual en esa época—, se vestía de manera muy sencilla y llevaba corbata. Todo ello me resultaba sorprendente. Nunca consideré indispensable cambiar mi aspecto exterior para certificar mi independencia, pero Verkine consideraba que era imprescindible para derribar la tiranía de su entorno. Ambas hablaban también de que había que hacer algo para salir de la «vida anodina», pero ¿qué hacer? Tampoco ellas lo sabían y solían caer en la tristeza y la desesperación.

Leíamos juntas los libros de madame Dussap y procurábamos encontrar en la novela de la autora feminista una respuesta a nuestras preocupaciones. A veces se unía a nosotras Arshaguhi, que vivía en Samatia, pero venía seguido a Üsküdar a visitar a sus familiares. Estas chicas consideraban que yo estaba en una situación excepcional por tener un padre ilustrado que no me ponía obstáculos. La cuestión era que yo estaba acostumbrada a luchar contra los obstáculos que se presentaban sin pensar demasiado, de manera práctica, y el hecho de que mi padre fuera librepensador no bastaba para alejar de mi camino todos los escollos con los que la mentalidad atrasada de una sociedad burguesa nos oprimía a todos. La vida me ha demostrado que esa lucha es encarnizada y constante.

Lo que mis amigas esperaban de mí era que escribiera algo sobre esos temas, que finalmente hiciera algo. Pero ¿qué? No dábamos con la manera.

Resulta interesante que ninguna de mis amigas estuviera influenciada por la propaganda nacionalista. Estas cuestiones estaban fuera de sus intereses y perseguían objetivos lejanos. Ellas padecían cada día por su entorno y estaban obligadas a ceder hasta en sus derechos más legítimos. Querían estudiar, participar en la vida de la comunidad, salir con amigos, reunirse, viajar, etcétera. Pero si alguna de estas muchachas tuviera el convencimiento de que uniéndose al Partido Hnchakian[36] (en esa época aún no existía el Tashnaktsutiun[37]) conseguirían derribar la tiranía del padre o de algún otro familiar, sin duda lo hubieran hecho.

Estas cuestiones me hacían reflexionar y un día decidimos con Arshaguhi ir a visitar a la señora Dussap. Con el corazón palpitante pero armadas de coraje, nos acercamos a la casa de la escritora feminista armenia, que se hallaba en Pera. Arshaguhi estaba paralizada por el miedo y buscaba

---

[36] El Partido Socialdemócrata Hnchakian, primer partido socialista en el Imperio otomano y Persia, fue fundado en 1887 en Ginebra por jóvenes armenios.

[37] El Tashnaktsutiun o Federación Revolucionaria Armenia fue fundado en Tiflis en 1890 por tres jóvenes armenios. Es miembro de la Internacional Socialista desde 1996.

la manera de huir. Ya delante de la puerta, rogó por última vez:

—Zabel, vengamos otro día.

Yo puse mi dedo en el timbre.

Una criada nos abrió la puerta y nos condujo a una sala, donde con labios temblorosos le dijimos que queríamos presentarnos a la señora Dussap.

Al fondo de la amplia sala, vestida de negro, estaba la señora Srpuhi Dussap, sentada en un sillón. Desde hacía unos diez años vivía inconsolable a causa de la muerte de su hija Dora cuando tenía dieciséis años. Blancos y rizados cabellos rodeaban su rostro seductor, marcado por una gran pesadumbre. Sus labios, un poco gruesos, esbozaban una leve sonrisa y expresaban bondad. Nos cogió a mí de una mano y a Arshaguhi de la otra, nos llevó hacia el sillón y nos invitó a sentarnos en las sillas que había a cada lado. Nosotras dos ya habíamos perdido la capacidad de hablar y habíamos olvidado por completo las palabras previamente preparadas. Pero la señora Dussap no dejó espacio para que nos hundiéramos en nuestra turbación. Enseguida comenzó a hacernos preguntas y nos dirigió cálidas palabras de aliento. Era evidente que nuestra visita la había emocionado.

En esos momentos la señora Dussap era una autora olvidada. Muchos incluso ignoraban si seguía viva o había fallecido. Una nueva estrella brillaba en el firmamento literario armenio de Constantinopla: Sibil. Ella era la escritora oficial. Yo había leído las novelas y poemas de Sibil y en esa época tenía la osadía de que no me gustara esa clase de literatura, en contra de la admiración general. En mi opinión, la ilustre poeta de los encajes se ocupaba de temas baladíes y carentes de importancia. Mi recién estrenada intelectualidad y mi gran apetito no encontraba saciedad en esas refinadas delicadezas.

La señora Dussap, al enterarse de que me quería dedicar a la literatura, me previno diciéndome que el mundo literario obsequiaba a la mujer con más espinas que laureles y que nuestra realidad social consideraba intolerable que una mujer se presentara a la sociedad y quisiera ocupar su lugar. Para superar todo ello, debía estar por encima de la media: «Un escritor varón se puede dar el lujo de ser mediocre, pero no una mujer».

La señora Dussap fijó sus hermosos ojos en mí y me aconsejó que primero fortaleciera mi salud y luego hiciera planes sobre mi futuro.

Ella nos impresionó profundamente. Durante el regreso hablamos con entusiasmo de nuestro encuentro. Arshaguhi me confesó en secreto que ella también quería dedicarse a la literatura. Ambas estábamos de acuerdo en que debíamos superar la mediocridad y para conseguirlo debíamos recibir educación superior. Ir a Europa…

—Ah —suspiró Arshaguhi—, ir a Europa; pero ¿cómo?

Y su rostro manifestó un total desconcierto. Arshaguhi había tenido esa expresión a lo largo de toda su vida. Parecía perturbada por un *shock* moral. Fue a Europa, primero a París, luego a Londres. Cuando yo estaba estudiando en París vino a verme desde Londres, donde estudiaba en un internado. Se espantó al ver mi vida libre de estudiante y los temas sociales que me preocupaban. Incluso en Europa se preocupaba por las murmuraciones que habría sobre nosotras en los suburbios de Constantinopla cuando volviéramos.

Arshaguhi había escrito algunas páginas y las había publicado en una revista bajo el título de *Memorias de una estudiante*. Al volver a Constantinopla, se casó con Theotig y se convirtió en su colaboradora leal e incansable. Era rubia, alta y bastante bonita, pero ese aire de perplejidad perturbaba la armonía de sus rasgos.

Arshaguhi había escrito pocas cosas por sí misma, pero sin duda era una escritora talentosa que no había llegado a desarrollar completamente su potencial. Era bastante timorata y prudente y su preocupación principal era no escandalizar a la comunidad.

Durante la guerra padeció angustias y privaciones y contrajo la tuberculosis. Después del armisticio marchó a Suiza para curarse y falleció allí, en un sanatorio.

Una vez acabadas las clases de la escuela del barrio surgió otra vez la cuestión de lo que debía hacer a continuación. Si fuera un chico, indudablemente iría al colegio Guetronagan, pero no existía una escuela equivalente para muchachas.

Mi padre tuvo la idea de ponerme como interna en el liceo para las jóvenes griegas, pero lo impidieron una serie de consideraciones. He lamentado a menudo que no hubiera podido concretarse esa buena idea paterna. En ese liceo, de excelente reputación, hubiera aprendido griego clásico y moderno, lo que hubiera sido una base extraordinaria para mis estudios universitarios.

Todavía no se había resuelto esa cuestión, cuando un día, yendo con mi padre a la isla de Knale, conocí en el buque de vapor a Tovmas Terzian.

El buque avanzaba balanceándose suavemente a través del Mármara. Mi padre y yo charlábamos, sentados en uno de los asientos de la cubierta. A cierta distancia de nosotros había un hombre de cabellos blancos, pero de aspecto robusto, que nos miraba con atención. De repente se puso de pie, se acercó y se presentó. Mi padre, cortésmente, le hizo sitio a su lado. Se trataba de Tovmas Terzian. Él nos manifestó su asombro de que padre e hija conversaran con tal entusiasmo.

—Pensé que eran griegos —dijo—, pero he aquí que oí que hablabais en armenio. Es algo muy poco común —dijo

Tovmas Terzian con entusiasmo—. He conocido griegos que oficia de padres y maestros con sus hijos, pero no había presenciado aún una escena tan agradable y elogiable entre los armenios.

El buque avanzaba muy lentamente del puente a la isla, pero nosotros ya no percibimos el paso del tiempo. Mi padre y Tovmas Terzian hablaban de la nueva generación, especialmente sobre la educación de las chicas. Yo escuchaba extasiada. Conocía la obra de Tovmas Terzian y sabía de memoria uno de sus poemas:

Vendrá el día en que esta carga vital...

Miraba con admiración al célebre anciano cuando se volvió hacia mí y me preguntó sobre mis anhelos, ambiciones y lecturas. Me dio consejos y una lista de libros que debía leer. Así llegamos al puerto de Knale, donde nos despedimos con la promesa de volver a encontrarnos.

La vida se abría ante mí con dilatados caminos. Todavía todo era sencillo, fácil y a mí me parecía que sería un juego vencer las dificultades que se presentaran. Mi apetito era grande, numerosas mis aspiraciones y mi ser, alerta, buscaba el momento de expresarse a sí mismo con pasión y esplendor.

ÍNDICE

Este libro se terminó de imprimir
el día 28 de octubre de 2025,
en los *Talleres Editoriales Cometa, S. A.*
de Zaragoza